SODO
VIENN

/ATELIER\

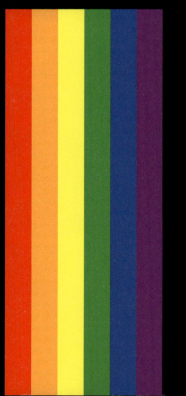

SODOM VIENNA – Rot ist die Farbe der Liebe!

Wien queer lesen und utopisch denken

»100 years of red Vienna
Red hearts burn for solidarity
Superblocks and Women Power
Queering Freud's Society«

Plakate durchziehen die Stadt, es ist Wahlkampfzeit in Wien. Doch aus den klassischen Posterwänden mit lächelnden Politiker*innenköpfen mit zugeknöpften Hemden und markigen Sprüchen sticht eine Plakatkampagne hervor. Im Zentrum eine rote Blume – changierend zwischen Vagina und Arschloch ist sie das Logo von SODOM VIENNA. Gleichzeitig ist sie aber auch als Pendant zur berühmten roten Nelke des Roten Wien zu verstehen, das sich im Programm der neu gegründeten »Partei« spiegelt. Denn SODOM VIENNA wirft einen queeren Blick auf die 1920er- und 1930er-Jahre und die legendären Errungenschaften des Roten Wien: die Wohnbaupolitik, die einsetzende Frauenemanzipation, die Bildungs- und Gesundheitspolitik. Jetzt, hundert Jahre später und vor der Wahl ist es nun endlich an der Zeit, die Utopie des Roten Wien wiederauferstehen zu lassen und Wien als queerfeministische und antirassistische Stadt zu inszenieren – in Anlehnung an die roten Spieler*innen und Agitprop-Gruppen von damals.

Die Plakatkampagne (in deren Mittelpunkt das vier Meter große, aufblasbare, rot schimmernde Logo als symbolisches Wahrzeichen im öffentlichen Raum) ist der Auftakt der Wahlkampftour von SODOM VIENNA. In den folgenden Wochen und Monaten (siehe Spielplan im Anhang auf Seite 128 f) macht das Kollektiv Station vor dem Karl-Marx-Hof (dem größten Wiener Gemeindebau), im Wohnhaus von Sigmund Freud, in den Tiefen des Praters und seinen Suburbs, an der Alten Donau, am im Arbeiter*innenbezirk Favoriten gelegenen Viktor-Adler-Markt und am Laaer Berg, dort, wo im Roten Wien mit der Monumentalfilmproduktion *Sodom und Gomorrha* die biblisch »lüsterne« Parallelstadt inszeniert wurde. Gemeinsam mit an-

Vote for SODOM VIENNA! Make Vienna a great pleasure hole! Heimat ist der Tod, mein Arsch ist offen rot!

Sodom Vienna Hymne

Sodom Vienna –
Mein Arsch ist offen rot
Sodom Vienna –
Heimat ist der Tod
Sodom Vienna –
Mein Arsch ist offen rot
Sodom Vienna –
Heimat ist der Tod
Ho-ruck nach Liebe links!
Gemeinde und Genoss*innen
Ganz Wien auf Sodom Queen
Feministisch und weltoffen
Lasst die Reichen zahlen
– Antifa blutrot pinkrot
Entmannen und Verstaatlichen
– Lustvoll und mit Not
Sodom Vienna – Sanctuary for all
We burn for solidarity –
It's an antiracist call
Don't eat pigs – Eat politics
Resign, Revise, Revive
Clench your fist
Clench your fist
Clench your fist
And
fight fuck fight –
fight fight fuck fuck
fight fuck fight –
fight fight fuck fuck
fight fuck fight –
fight fight fuck fuck
FIGHT – FUCK – FIGHT !

(Auszug aus SODOM VIENNA Hymne, 2020
Text: Gin Müller, Sabine Marte,
Musik: Sabine Marte, Verena Brückner, Gin Müller)

deren aktivistischen und künstlerischen Gruppen veranstaltet SODOM VIENNA an diesen Aktionsorten politische Manifestationen, rauschende Prozessionen, Revue- und Zirkusspektakel im Spirit der 1920er-Jahre.

Die Performer*innen agieren als »perverse« rote Gender-Spieler*innen, ortsspezifisch mit verschiedenen roten Eingreiftruppen, Research-Teams und wechselnden Aktionsgruppen von SODOM VIENNA, aus den Bereichen Theater/Performance, bildender Kunst, Theaterwissenschaft und Aktivismus. Ihre Schutzheilige ist Santa Sodom Vienna, vormals Magna Mater und in den 1920er-Jahren das Symbol der Fürsorge Wiens. Die Skulpturengruppe, die früher im Hof der »Kinderübernahmestelle Wien« im 9. Bezirk stand, zeigt eine Mutter, die Arme um ihre nackten Kinder gebreitet, um diese vor Schlangen zu schützen, die die Viren und Seuchen der damaligen Zeit symbolisieren (Tuberkulose, Spanische Grippe, Typhus usw.). Heute ist sie Santa Sodom Vienna (und im Rathauspark in Mauer in Wien Liesing zu finden) und verkörpert den »Scheideweg« in der Krise: solidarisch im Kampf gegen den Coronavirus, leidenschaftlich gegen Rassismus, ausdauernd gegen Sexismus und mit strenger Hand gegen den Kapitalismus!

In diesem Buch stellen wir SODOM VIENNA und alles, wofür es steht, vor. Wir lassen die Aktionen, die uns durch ganz Wien geführt haben, reich bebildert Revue passieren, mit Manifestationen, Forderungen und Attraktionen. Daneben geben wir aber auch tiefere Einblicke in verschiedene Themen von SODOM VIENNA: von der Geschichte des Roten Wien und dem Dreh des Filmspektakels *Sodom und Gomorrha* über queere Kollektivität, die Geschichte des Wiener Prater und die queeren Wurzeln der Zirkuskunst. Hereinspaziert ins rote SODOM VIENNA!

Santa Sodom Vienna is fighting joyfully and passionately against racism, persistent against sexism and with an iron fist against capitalism!

Magna Mater was a symbol of the public welfare and social services in the 1920s of municipality of Vienna. The sculpture shows a mother with naked children, trying to protect them from snakes, metaphors of various diseases such as Spanish flu, Typhus, Tubercolosis ect.) It was situated for most of the time in the so called »Kinderübernahmestelle Wien« (Children Asylum of the city of Vienna), now you can find it in the park of the townhall of Wien Mauer, 23rd District.

Our fruit of the Viennese womb, the merciful and defending Mayor and Mistress of Ceremonies, our perverted virgin and anti-fascist patroness, the great orgionotic Queen of the commonal Sexpol, Magna Mater aka Santa Sodom Vienna, invites you to the proclamation of the sinful city and perverted love-republic.

SODOM VIENNA – Historische Revue

Andreas Brunner

1 Hirschfeld, Magnus: Die Homosexualität in Wien, in: Wiener Klinische Rundschau 42, 1901.

Die Geschichte der kurzen Zeitspanne des Roten Wien, nur vierzehn Jahre, ist in seiner Fülle kaum zu durchmessen. Soziale und wirtschaftliche Krisen, die politische Umwälzungen auslösen, kulturelle Vielfalt und Aufbruchsstimmung, gesellschaftliche Revolutionen und Utopien verweben sich in diesen wenigen Jahren zu einer komplexen Geschichtslandschaft. In diese eingebettet müsste eine Geschichte von Menschen, die nicht heteronormativen Vorstellungen genügen, erzählt werden. Das kann hier nicht geleistet werden, zu fragmentarisch ist das Quellenmaterial, zu viele Leerstellen müssen offenbleiben.

Stattdessen lassen wir historische Splitter und Geschichten aus jenen vierzehn Jahren Revue passieren, erstaunen, erheitern oder stellen Fragen.

1922

Als Magnus Hirschfeld Ende Mai 1922 Wien besuchte, war er kein Unbekannter. Bereits Anfang des Jahrhunderts hatte er das homosexuelle Leben der Habsburgermetropole in einem Aufsatz in der *Wiener Klinischen Rundschau*[1] dokumentiert. Diesmal sprach der Berliner Arzt und Gründer des Wissenschaftlich-humanitären Komitees (WHK), der ersten Organisation weltweit, die sich für die Rechte Homosexueller einsetzte, über »Die sexuelle Frage«. In einem Bericht in der *Neuen Freien Presse* wurden Hirschfelds Ausführungen wohlwollend referiert:

> Vor einem zahlreichen Publikum, das den großen Musikvereinssaal bis auf das letzte Plätzchen füllte, sprach heute Sanitätsrat Doktor Magnus Hirschfeld aus Berlin in fast dreistündiger Rede über die verschiedenen Formen des menschlichen Geschlechtslebens und unterstützte seine außerordentlich klaren Ausführungen durch eine gutgewählte Reihe von instruktiven Lichtbildern. [...] Er verwies auf die ausnehmend großen Fortschritte, die in den letzten Jahren die Sexualbiologie gemacht

hat, [...] die uns in die Lage setzen, von einer hohen Warte aus uns über die das ganze Menschenleben beherrschenden Vorgänge zu unterrichten und zu erkennen, wie sehr wir im Unrecht sind, wenn wir noch immer nicht von jenen Personen, die den intersexuellen und den homosexuellen Typen angehören, die Schmach der Verfemung nehmen; früher sei die Verfolgung dieser armen Unglücklichen ein Justizirrtum gewesen, heute aber im Lichte der wohlbegründeten wissenschaftlichen Erkenntnis sei es ein Justizverbrechen geworden. Wahrheit, Recht und Freiheit seien die Fundamente, aus denen sich die neue Weltordnung aufbauen müsse. [...] man dürfe nicht ruhen, bis man nicht dem aus der naturwissenschaftlichen Erkenntnis entspringenden Rechtsbewußtsein den Sieg erkämpft habe.[2]

Magnus Hirschfeld führte nicht nur einen Kampf gegen jene, die Homosexualität weiterhin für strafwürdig hielten und die seine Theorie der sexuellen Zwischenstufen ablehnten, er unterstützte auch die Bemühungen der von ihm angesprochenen sexuellen Minderheiten zur Selbstorganisation.

Wenige Wochen nach seinem Vortrag erschien im *Illustrierten Wiener Extrablatt* eine Notiz, in der Hirschfeld darauf verweist, dass Anfragen zu seinem Vortrag »an das wissenschaftlich-humanitäre Komitee, Zweig Oesterreich, Sekretariat, 7. Bezirk, Kirchengasse 83« zu richten seien.

Sanitätsrat Dr. Hirschfeld, der erste Vorsitzende dieses Komitees, wird alle Anfragen selbst schriftlich beantworten. Im wissenschaftlich-humanitären Komitee, Zweig Oesterreich, welches eine Zweigstelle des bereits mehr als 25 Jahre bestehenden wissenschaftlich-humanitären Komitees in Berlin ist, werden auch alle anderen Anfragen bereitwilligst erledigt.[3]

Auch dieser nachweisliche dritte Versuch, eine Wiener Dependance des WHK (nach 1906/07 und 1913/14) zu gründen, war nicht von Erfolg gekrönt. Diese Zeitungsmeldung bleibt bislang der einzige Hinweis auf die Existenz dieser Gruppe. Woran lag es, dass in Wien, der nach Berlin zweitgrößten Stadt im deutschsprachigen Raum, alle Versuche der Selbstorganisation scheiterten? Das klerikal-reaktionäre politische Klima tat sicher seinen Teil dazu. Aber auch im Roten Wien fanden die Homosexuellen keine Verbündeten.

Magnus Hirschfeld war Parteigänger der Sozialdemokratie. In Wien war er mit Julius Tandler, dem Arzt und Stadtrat für Wohlfahrt, Jugendfürsorge und Gesundheitswesen, bekannt. Die Männer trafen sich in Wien und auf Kongressen. Sprach Hirschfeld

2 Anonym: Vortrag des Dr. Magnus Hirschfeld, in: Neue Freie Presse, 26.5.1922, S. 7.

3 Anonym: Sanitätsrat Dr. Magnus Hirschfeld über die sexuelle Frage, in: Illustriertes Wiener Blatt, 18.6.1922, S. 7.

nie mit Tandler über seine Herzensangelegenheit? Warum gibt es keinen einzigen Hinweis, dass sich die österreichische Sozialdemokratie jemals – im Gegensatz zur deutschen – für die Belange Homosexueller interessierte, geschweige denn engagierte?

Die Jugendwohlfahrtspolitik wurde maßgeblich vom Individualpsychologen Alfred Adler bestimmt, der am Pädagogischen Institut der Stadt Wien lehrte und der für die Stadt Wien dreißig Erziehungsberatungsstellen einrichtete. Im Bild des Sozialreformers wird seine manifeste Ablehnung männlicher Homosexualität, die er als »Fehlschlag in der Erziehung zum Mitmenschen« sieht, allerdings ausgeblendet:

Aus unserer Darstellung geht zur Genüge hervor, daß die Homosexualität einen Fehlschlag bedeutet in der Erziehung zum Mitmenschen. Die mangelhafte Vorbereitung für seine Geschlechtsrolle, die fehlerhaften Grundlagen seiner Erziehung, die unrichtige Deutung körperlicher Mängel kommen bei der individualpsychologischen Untersuchung des Patienten klar zum Vorschein. Scharf über sich hinausweisend bedeutet dieses Leiden eine Ausschaltung des anderen Geschlechts und damit der Erhaltung des menschlichen Geschlechts. Deshalb wird es mit Recht als kulturwidrig empfunden. [...] Aus geschichtlichen Betrachtungen ergibt sich mir in diesem Zusammenhang als Tatsache, daß in Zeiten, in denen die Frau stärker in den Vordergrund des öffentlichen Lebens tritt, das große Heer der schwachmütigen Männer mit Vorliebe die Distanz zur Frau zu vergrößern trachten und neben anderen Sicherungen auch in der Homosexualität einen Rettungsbalken sucht. Heilung und Besserung gelingen durch psychische Beeinflussung. [...] Sucht man nach der einfachsten und umfassendsten Formel für ein Verständnis der Homosexualität, so läßt sich feststellen: die Homosexualität ist ein mißratener und mißverstandener Notbehelf.[4]

Schuld sei nach Adlers Meinung auch die zunehmende Emanzipation der Frauen, die verunsicherte Männer in die Homosexualität triebe:

In einer Zeit steigender Frauenemanzipation, die das weibliche Selbstbewusstsein hob, wurde naturgemäß der Mann leichter zum Zweifel an seiner Vorzugsstellung gedrängt. Aus einem Gefühl der Unsicherheit heraus erscheint ihm die Eroberung der Frau als gewagtes Unternehmen. [...] Die Homosexualität unserer Zeit [...] entpuppt sich [...] als eine Erscheinung, die sich auf der Flucht vor der Frau nahezu von selbst ergibt; [sie erweist sich als unfruchtbares

4 Adler, Alfred: Das Problem der Homosexualität und sexueller Perversionen, Frankfurt am Main 1977, S. 87. Adlers Aufsatz »Das Problem der Homosexualität« erschien erstmals 1917.

und unlösbares Notprodukt, das den schwach entwickelten Gemeinsinn weiter schädigt.⁵

Für den 14. November 1922 war im Großen Konzerthaussaal ein Auftritt von Anita Berber und Sebastian Droste als »einziger Tanzabend« angekündigt. *Die Tänze des Lasters, des Grauens und der Ekstase* – so der reißerische Titel – sollten für das Paar, das sich erst kurz davor künstlerisch gefunden hatte, zum triumphalen Erfolg und Menetekel werden. Anita Berber war schon davor in Wien aufgetreten und hatte in den Rosenhügel-Filmstudios Filme gedreht, jetzt wollte sie mit Droste als künstlerischem Partner zum Star werden.

In der Presse waren es vor allem ihre Nacktänze und ein Skandal um einen Vertragsbruch, die für viel Aufmerksamkeit sorgten. Ein anonymer Rezensent in der *Wiener Allgemeinen Zeitung* geriet ins Schwärmen:

> Seit Wochen spricht man in mondainen Kreisen nur von der weiß geschminkten, schlanken Frau mit den schwarzgeränderten Augen, den korallenroten Lippen, von der Frau mit den wundervollen Beinen und den entzückendsten Füßchen. [...] Auf der Straße, im Theater oder wo immer diese nervenaufpeitschende Frau erscheint, im Hotel, in welchem sie wohnt, kurz überall, sammeln sich Neugierige und starren das monokelbehaftete blaße Frauenbildnis an. [...] Was soll man mehr bewundern? Die kühne Realistik der Tanzvorführungen, zu denen Droste die Ideen liefert und zu denen Musik von Beethoven und Tschaikowsky herangezogen werden, oder die frivole Wahrheit der zur Schau getragenen Erotik? Die Männer sind berückt, von dem Ebenmaß des wundervollen Körpers dieser hypermodernen Salome berauscht; die Frauen schauen auf dieses nackte Urbild des Weibes mit Furcht, Neugierde und Entsetzen. [...] Ein wohllüstiger [sic] Schauer erfaßt Alle, die den mimischen Tanzvorführungen folgen, jedes Auge saugt sich förmlich fest an den Linien dieser luggestiblen [sic] Weibes. Jeder empfindet den leisen Schauer einer Erotik, die man ahnt, aber nicht zugeben will.⁶

Obwohl sie gemeinsam mit dem homosexuellen Sebastian Droste als Paar auftrat und sogar lancierte, dass sie ein Ehepaar seien, war Anita Berber vor allem an den Wiener Frauen interessiert. Ob sie Leonie (Gessmann-)Puttkamer, in deren Skandalprozess sie 1924 verwickelt sein sollte, im legendären Nachtlokal *Tabarin* kennenlernte, ist nicht gesichert. Nach dem Erfolg der Premiere ihres Tanzabends im Konzerthaus traten Berber und Droste ab Anfang Dezember jedenfalls in Nachtvorstellungen im *Ta-*

5 Ebd, S. 8.

6 Anonym: Anita Berber, in: Wiener Allgemeine Zeitung, 1.12.1922, S. 26f.

barin in der Annagasse auf, das auch als Treffpunkt der lesbischen Wiener Hautevolee galt. Daneben nahmen die beiden ein Engagement im Apollotheater in der Gumpendorfer Straße an und wurden damit vertragsbrüchig. Sie hatten mit dem Betreiber des Konzerthauses einen Exklusivvertrag geschlossen, der diesen erfolgreich einklagte. Da sie weitere Einkünfte brauchten, wechselten sie in die Kammerspiele und behaupteten, dass der Vertrag nur für Varietés gelten würde. Die aus dem Vertragsbruch resultierende Betrugsanzeige führte schließlich zur Ausweisung von Anita Berber und Sebastian Droste Anfang 1923 und zu einem fünfjährigen Aufenthaltsverbot. Dabei hatten die beiden in Wien noch so viel vorgehabt.

Im renommierten Atelier der Fotografin Madame d'Ora ließen Berber und Droste Fotos zu ihrer Produktion machen, ein heute leider verschollener Film wurde gedreht und im Wiener Gloriette-Verlag bereiteten sie eine auf 1.000 Exemplare limitierte und nummerierte Buchpublikation vor.[7] *Die Tänze des Lasters, des Grauens und der Ekstase* waren als »expressionistisches Gesamtkunstwerk«[8] geplant. Neben dem Libretto und Gedichten von Anita Berber und Sebastian Droste enthält der Band auch Fotografien von Madame d'Ora, Dekorationsentwürfe und Figurinen des Ausstatters Harry Täuber und Zeichnungen von Anita Berber. In expressionistischem Furor philosophiert der Schriftsteller Leopold Wolfgang Rochowanski über den Nackttanz und dessen Publikum:

Spannung. Gestörte Atmung. Bewaffnete Augen. Erwartung. Prüfung der eigenen nackten Arme. Gongschlag, Musik. Erregung. Glitzern und Leuchten. Erwartung. Pause der Wünsche. Lösen der Knoten. Keine Atmung. Erhöhte Atmung. Kniefall der Gewänder. Erlösung. Erfüllung. Raffinement der Entfaltung. Crescendo des Körpers. Fortissimo der Linien. Furioso der Gefühle. Parfüms verströmen. Ein Bein spricht zur Nachbarin. Ein Knopf stürzt sich zu Boden. Phallusglanz der Augen wetteifert mit den Strahlen des Scheinwerfers. Laster! Oh Sehnsucht des Bürgers![9]

Die sexuelle Freizügigkeit rief nicht nur Begeisterung hervor. Von einer »schleichende[n] Krankheit des gesellschaftlichen Organismus, zu deren abscheulichsten Symptomen der Sturm auf den Tänzerinnenfleischmarkt gehört«, sprach ein anonymer Kritiker der *Neuen Freien Presse*: »Durch die Löcher des Kunstphrasenmantels schielt allenthalben das Gassenjungen- und Gassengreisebehagen an der Auspeitschung geschlechtlicher Instinkte hervor.«[10] Von einer »Sensation übelster Sorte« und von der »Palme des Leichtsinns und der Oberflächlichkeit und der Taktlosigkeit« schrieb auch Felix Dörmann im *Neuen Wiener Tagblatt*:

---

7 Berber, Anita/Sebastian Droste: Die Tänze des Lasters, des Grauens und der Ekstase, Wien 1923.

8 Haider, Christian: ›Tanzende Sünde‹. Anita Berber 1922/23 in Wien. Zur medialen Konstruktion eines »Stadtskandals«, Universität Wien, Institut für Geschichte 2013, S. 18.

9 Rochowanski, L. W.: Untersuchungen, in: Berber, Anita/Sebastian Droste: Die Tänze des Lasters, des Grauens und der Ekstase, Wien 1923, S. 65–72, hier S. 67–68.

10 Anonym: Nackte Wahrheiten, in: Neue Freie Presse, 24.12.1922, S. 14.

Na und ist das schon Kultur, wenn sich ein nackter Körper biegt und dreht und allerhand Perversionen mehr oder weniger deutlich zum Ausdrucke bringt? Muß in diesen Angelegenheiten ein öffentlicher Anschauungsunterricht durchgeführt werden von einer geschminkten Dame mit Monokel, durch erotische Extravaganzen mehr berüchtigt als berühmt? Wen täuscht das Wort Schönheitskult oder Aesthetik oder Kunst? Wer geht deswegen

11 Dörmann, Felix: Nacktkultur und Separéegeschnüffel, in: Neues Wiener Tagblatt, 31.12.1922, S. 9f.

12 Anonym: Hakenkreuzlerüberfall im Konzerthaus, in: Der Tag, 5.2.1923, S. 2.

13 Anonym: Eine Hirschfeld-Versammlung gesprengt, in: Reichspost, 5.2.1923, S. 4.

hinein? Wegen der »Linie« oder wegen des »Rhythmus«? Die Leute rennen wegen der Hüllenlosigkeit hin, wegen des Noch-nie-Dagewesenen.¹¹

»Anitta [sic], geh', und niemals kehre wieder! Wir haben nichts an dir und du nichts bei uns verloren«, rief ihr Dörmann zu. Drei Tage später wurden Berber und Droste des Landes verwiesen und traten nie wieder in Wien auf.

1923

Zwei Wochen später gab es erneut Aufregungen mit einem Gast in Wien. Magnus Hirschfeld trat wieder im Großen Wiener Konzerthaussaal auf mit einem Vortrag über »Sexuelle Verirrungen«. *Der Tag* schilderte einen nationalsozialistischen »Hakenkreuzlerüberfall« in drastischen Farben:

Nachdem er eine halbe Stunde gesprochen hatte, unterbrach ein Pfiff die Ausführungen des Redners, ein Herr riß die Flügeltüren im Stehparterre auf und der Saal wurde von einer Schar junger Burschen, die das Hakenkreuz im Knopfloch trugen und Gummiknüppel schwangen, gestürmt. Das Publikum versuchte zu flüchten. Die Eingedrungenen warfen sich aber mit ihren Waffen auf die Menge, schlugen blindlings auf Männer und Frauen los, schleu-

derten Stinkbomben und Pulverfrösche und nach mehreren Berichten soll auch geschossen worden sein. Ein Kerl warf Stühle aus den Logen ins Parterre. In einer Loge wurde eine Dame, die allein darinnen saß, niedergeknüppelt, so daß sie blutend liegen blieb.¹²

Die deutsch-nationale *Reichspost* verteidigte, dass »die gereizten Gegner dieser Vortragsschweinereien [...] gegen einzelne der vorlautesten Freunde des Päderastenvortrages vor[gingen]«, und bedauerte, »daß durch die Provokation der anständigen Bevölkerung, der man in Wien solchen Unrat zu bieten wagte, auch einzelne Angestellte des Konzerthauses in Mitleidenschaft gezogen wurden.«¹³ Der Arzt und Sexualforscher Magnus Hirschfeld war eine der prominentesten Zielscheiben des Hasses in der antisemitischen Presse.

1925

»Mann oder Frau?«, überschrieb *Die Bühne* einen reich bebilderten Artikel über den Auftritt von Barbette im Apollotheater.

Barbette ist eine Seiltänzerin und Trapezkünstlerin, als solche hervorragend; sie verblüfft aber noch mehr durch ihre letzte Pièce, die darin besteht, daß sie ihre rote Bubikopfperücke mit einem Male abnimmt und nun als Mann dasteht. Bis zu diesem überraschenden

Augenblick würde niemand die hübsche, schlanke, ungemein graziöse Dame für einen verkleideten Herrn halten: nicht bloß, daß Barbette das Gesicht, die Beine und die (kleinen) Füße einer Frau zeigt — die Bewegungen dieser Seiltänzerin sind so vollendet damenhaft (nämlich halbweltdamenhaft), daß man auf die pariserische Zuständigkeit der reizenden, ja aufreizenden Frau schwören möchte.[14]

14 Anonym: Mann oder Frau? Besuch bei Barbette im Apollotheater, in: Die Bühne 11 (1925), S. 31.

Barbette, die schon im Vorfeld ihres Auftritts als Star, welcher »im Empire (Paris) und Wintergarten Berlin das größte Aufsehen erregte« und als »menschliches Rätsel«[15] angekündigt wurde, verzauberte die Stadt.

Sie verbeugt sich noch einmal, zum letzten Male, dann greift sie mit beiden Händen nach ihrer blonden Haarkrone, und wie eine Königin, die freiwillig vom Thron herabsteigt, hebt sie diese Krone vom Kopf. Mit rasiertem Kopf, lächelnd, in der Kraft seiner männlichen Schönheit, steht Mister Barbe vor uns, der vollkommene Turner, der Gladiator des Nervenmutes. Da gibt es kein Lachen, nichts Komisches, das ist nicht die amüsante Selbstenthüllung eines Damenimitators, kein Herabfallen aus Wolkenhöhe, kein Zerreißen des Zaubers. Wir fallen wirklich aus einem Staunen in das andere, werden mit ganzer Wendung nach der anderen Seite der äußersten Möglichkeiten hinübergedreht. Barbette ist kein als Frau verkleideter Mann, und Barbe ist kein illusionistischer Komödiant. Barbette ist als Mann und als Frau gleicherweise vollkommen schön. Alle unsere konstruierten Vorstellungen von Männerschönheit und Frauenschönheit kippen plötzlich um und stehen auf dem Kopf, als wären sie selbst Akrobaten: in Barbette haben sich einfach alle Männer des Zuschauerraumes verliebt, als wäre sie eine Frau, und alle Frauen, als wäre sie ein Mann.[16]

Der Mann in Barbette hieß Vander Clyde, wurde 1899 in Texas geboren und war seit seinem ersten Auftritt 1923 auf allen Pariser Bühnen ein umjubelter Star. In London wurde sein Vertrag gekündigt, nachdem er beim Sex mit einem anderen Mann erwischt worden war. Das tat aber seinem Erfolg in Paris keinen Abbruch. Jean Cocteau stimmte zu einer Hymne an, die auch von einer Wiener Zeitung veröffentlicht wurde:

Der Vorhang hebt sich vor sachlicher Dekoration: Eisendrähte zwischen Trägern, Trapezsystem, im Bühnenraum aufgehängte Ringe. Im Hintergrund ein mit weißem Bärenfell bedeckter Diwan, auf dem zwischen Seil- und Trapezübung Barbette den lästigen Rock auszieht und eine kleine, verfängliche Szene spielt, ein Meisterwerk der Pantomime, in die er alle Frauen, die er studiert hat, zusammenfasst und parodiert und so sehr Frau wird, daß er die schönsten Menschen, die vor und nach ihm auftraten, einfach auslöscht. Denn, vergessen Sie nicht, wir sind im Zauberlicht des Theaters, im Hexenkessel der Bosheit, wo das Wahre keinen Wert und das Natürliche keinerlei Kurs hat.[17]

15 Ankündigung ohne Titel, in: Neues Wiener Tagblatt, 28.12.1924, S. 14

16 Karinthy, Friedrich: Barbette ...?, in: Die Bühne, 15 (1925), S. 31f.

17 Cocteau, Jean: Barbette, in: Wiener Morgenzeitung, 15.12.1926, S. 3.

Als Barbette 1926 noch einmal in Wien zu Gast war, wurden im Studio von Madame d'Ora Fotos aufgenommen. In Paris stand er vor der Linse von Man Ray. 1930 trat er noch in Jean Cocteaus Film *Le Sang d'un Poète* (Das Blut eines Dichters) auf, bevor er in die USA zurückging und dort seine Karriere gesundheitsbedingt beenden musste. 1959 engagierte ihn der österreichische Exilregisseur Billy Wilder für *Some Like It Hot* (Manche mögen's heiß) als Coach für Jack Lemmon und Tony Curtis.

1926

Irgendwann um 1926 kaufte Saul Neumann ein kleines Barockhaus auf dem Spittelberg, um ein Restaurant zu eröffnen. Obwohl nur drei Fenster schmal und einstöckig, hatte es zwei Adressen: Stiftgasse 16 und Schrankgasse 9. Neumann wurde als Srul Donnenfeld 1880 in der kleinen Ortschaft Jordanesti im Gerichtsbezirk Storožynetz im ehemaligen Herzogtum Bukowina (heute in der Ukraine) geboren. Er kam 1911 nach Wien und arbeitete als Holzhändler, bevor er Gastwirt wurde. Wir wissen nichts über die sexuelle Orientierung Neumanns, er war verheiratet, führte zusammen mit seiner Frau als Köchin das Lokal und hatte drei Kinder, aber sein Gasthaus war bis 1936/37 einer der beliebtesten Treffpunkte homosexueller Männer und Frauen. Ein Strafakt aus dem Jahr 1936 gibt uns einen lebendigen Eindruck vom Leben im Gasthaus Neumann, dass in der Szene auch Café Veronika genannt wurde. Zwei Kriminalpolizisten, die wegen Ermittlungen »hinsichtlich homosexuellen und sittenwidrigen Treibens« das Lokal besucht hatten, gaben zu Protokoll:

> Das Gasthaus hat einen im 1. Stockwerk gelegenen Saal, der ca. 40 Personen faßt. Zur Zeit der Beobachtung waren ca. 50 bis 60 Personen anwesend, die dicht gedrängt an den Tischen saßen, oder sich die Zeit durch Tanzen auf einer kleinen Tanzfläche vertrieben oder aber auf dem Gange sich paarweise aufhielten. In dem Saal wird Klavier gespielt. Zeitweise werden auch Vorträge sittenwidrigen Inhaltes von anwesenden Gästen zum Besten gegeben. Bemerkt wird, daß an einem Tische dieses Saales ca. 6–8 Frauenspersonen saßen, die mit Burschen wenig tanzten und um ½ 12 Uhr nachts nach und nach das Lokal verließen.[18]

Einvernahmen einiger später festgenommener Gäste legen nahe, dass die Frauen lesbisch waren. Die Gäste fühlten sich offenbar sicher.

> Die an den Tischen eng zusammensitzenden Männer liebkosten sich untereinander, küßten sich, drückten sich gegeneinander, unterhielten sich zuweilen in tschechischer Sprache und zu einer Zeit, als die Frauen bereits sich entfernt hatten, begeilten sich die an den Tischen sitzenden Männer und Burschen durch gegenseitiges Abgreifen der Schenkel, durch Abtasten und Reiben des Gliedes durch die Kleider durch.[19]

Ein Gast fiel den Beamten besonders auf, Leopold Zajic, der

> unter den Anwesenden als ›Lea‹ bezeichnet wurde. Zajic hat sich in femininen Gesten und femininem Ton in der Sprache, durch Tanzen als ›Mädchen‹ besonders hervor-

18 Wiener Stadt- und Landesarchiv, WStLA, Landesgericht für Strafsachen, A11: LG I Vr 3572/36.

19 Ebd.

getan. Unter anderem hat Zajic in vorgerückter Stunde ein Gedicht ›Die Schwestern‹ öffentlich zu Vortrag gebracht. Dieses Gedicht hatte unter anderem folgende Schlagwörter: ›ein warmes Lokal‹, ›ich schreib es Dir an Deinem Körper‹, ›die Langschwänze‹, Huren, ›sattelfest‹, ›ich lasse Dich in meinem Sattel reiten‹ u.s.w. Während des Vortrages des erwähnten Gedichtes, hatte Zajic ein Stecktuch (Ziertaschentuch) in der Hand. Beim Vortrage hielt er dieses Tuch in der Gegend des Hosenlatzes und führte mit dem Taschentuch Bewegungen aus, die die Tätigkeit des Massierens resp. Onanierens andeuten sollten.[20]

Zwei Männer wurden als Folge dieser Amtshandlung wegen »Unzucht wider die Natur« zu mehrmonatigen Kerkerstrafen verurteilt, Leopold Zajic erhielt zwei Wochen Arrest wegen Erregung öffentlichen Ärgernisses und Saul Neumann verlor wahrscheinlich seine Konzession als Gastwirt. Er wurde nach dem Novemberpogrom 1938 nach Dachau deportiert und starb dort am 21. November 1938. Leopold Zajic wurde 1940 wegen homosexueller Handlungen zu fünf Monaten schwerem Kerker verurteilt.

1927

Beliebte Treffpunkte homosexueller Männer waren auch öffentliche Badeanstalten. Aber nicht die großen kommunalen Bäder wie das Amalienbad in Favoriten wurden in der Presse und in Strafakten genannt, sondern vornehmlich private Badeanstalten wie das einst vornehme Römische Bad und das Dianabad im 2. Bezirk, oder die von einem proletarischen Publikum besuchten Anstalten Margaretenbad im 5. und Esterházybad im 6. Bezirk. Die *Wiener Nacht-Presse* machte aus ihrer Verachtung für die Männer, die sich dort trafen, kein Geheimnis und schreckte dabei auch nicht vor deren namentlicher Nennung zurück:

Daß unsere Badeanstalten von einer gewissen Sorte pervers veranlagter Individuen weniger der Reinigung wegen, sondern vornehmlich der günstigen Gelegenheit halber, Bekanntschaften schließen zu können, besucht werden, ist niemandem mehr ein Geheimnis. Viele dieser Privatbäder sind berüchtigte Rendezvousplätze der Wiener Homosexuellen, die dort nicht nur Anschluss an Gleichveranlagte suchen, sondern auch mit ihren ekelhaften Annäherungsversuchen anständige Badegäste belästigen. [...] Einer der vielen »anderen« ist so zum Beispiel der Homosexuelle Breitner, der sich im Esterhazybad, VI., Gumpendorferstraße 59, direkt etabliert zu haben scheint. Er zählt zu den Stammgästen des vorgenannten Bades und ist als Homosexueller

20 Ebd.

an seinem pronunziert weibischen Benehmen und dem nachgeahmten Frauenlachen leicht zu erkennen. Speziell die Heißluftkammer, die unzureichend beleuchtet ist, wird von Breitner ganz besonders bevorzugt.[21]

In der NS-Zeit sollten durch Kriminalassistent Karl Seiringer im Esterházybad mehr Männer wegen gleichgeschlechtlicher Handlungen als an irgendeinem anderen Ort Wiens festgenommen werden. Er fand sie bei regelmäßig stattfindenden »Erhebungen« in der Dampfkammer:

> Ich vermute, dass die Dampfkammer 5 bis 6 m lang ist. Man kommt in dieselbe durch eine Eisentüre, und ist zunächst dort rechts und links nur eine Bank, wodurch der Raum in der Nähe des Einganges breiter ist. Im rückwärtigen Teil der Dampfkammer sind zu beiden Seiten je 2 Bänke etappenförmig aufgestellt. [...] An der Stirnfront direkt steht noch ein Stuhl, der sogenannte Vorsitz-Stuhl [...], auf dem ein Homosexueller sozusagen den Vorsitz übernimmt.[22]

1933

Ende Jänner 1933 schaltete der Filmverleih Norbert & Co in der *Österreichischen Film-Zeitung* ein großflächiges Inserat für den »Großtonfilm der Sexualforschung«: Mysterium des Geschlechtes. Der Werbetext versprach »im Rahmen einer starken Spielhandlung« und unter »Mitarbeit hervorragender medizinischer Kapazitäten« einen Film, der »in interessanter und dezenter Form [...] sexuelle Probleme (Geschlechtsänderung)«[23] behandelt. Die von Renée Lansky gespielte Elisabeth und der von Otto Hartmann dargestellte Felix lernen sich beim Medizinstudium kennen. In einer Vorlesung beschäftigen sie sich mit »interessante[n] Fragen der Sexualwissenschaft« und »modernen Methoden der Chirurgie«.[24] Dabei besuchen sie

> ein eigenartiges Nachtlokal, wo sich ihnen Gelegenheit bietet, sexuell abnormale Menschen in ihrem eigenen Milieu zu studieren, Menschen, die sich infolge ihrer abnormalen Veranlagung in der Welt der Normalen fremd und unglücklich fühlen.[25]

Eine in barockem Kostüm auftretende Sängerin, »die mit viel Grazie und Anmut tanzt«, entpuppt sich als Mann. Auf den durchaus bunten Reigen im Homosexuellenlokal folgen detailgenaue Dokumentarszenen über operative Geschlechtsumwandlungen von Mann zu Frau, Transgender- und Verjüngungsoperationen durch Verpflanzung von Hodenmaterial. Auch eugenische Fragen und der Einfluss von kranken Eltern auf die Nachkommen sowie Maßnahmen der Geburtenkontrolle werden ausführlich dargestellt.

21 Anonym: Im Esterhazybad, im Esterhazybad......!, in: Wiener Nacht-Presse, No. 37, März 1927, S. 4.

22 Wiener Stadt-und Landesarchiv, WStLA, Landesgericht für Strafsachen, A11: LG I Vr 1274/40.

23 Werbeschaltung, in: Österreichische Film-Zeitung, 28.1.1933, S. 2.

24 Anonym: Mysterium des Geschlechtes, in: Österreichische Film-Zeitung, 6.5.1933, S. 4.

25 Ebd.

Die Presse ignorierte den Film weitgehend, nur die rechtsgerichtete *Reichspost* startete eine Kampagne und forderte das Verbot des Films.

> Er übertrifft an Geschmacklosigkeit und Widerlichkeit alle bisherigen Filme dieser Art. [...] Selbstverständlich segelt auch dieser abscheuliche Film unter der Flagge der Wissenschaft. [...] Es ist eine Schande, daß Derartiges in Wien geschehen darf. [...] Dürfen wir es uns wirklich gefallen lassen, daß Filme, die in anderen Ländern wegen ihres obszönen Eindruckes verboten werden, hier frank und frei vorgeführt und daß die ärgsten ekelerregenden Nuditäten im Großformat gezeigt werden können?[26]

Die *Reichspost* rief zur »Aktion der Selbstwehr« auf, ein »flammender Protest gegen diesen Schmutz und Schund auf der Silberleinwand« müsste eine fehlende Filmzensur in Österreich ersetzten. Sie hatten Erfolg. Zwei Wochen nach der Uraufführung wurde der Film verboten. Vom Protest zu Angriffen und letztendlich Terror war es für die politisch erstarkenden Nationalsozialisten nur noch ein kleiner Schritt.

Waren die Angriffe auf Magnus Hirschfeld vor einem Jahrzehnt vornehmlich von antisemitischen Motiven bestimmt gewesen, so waren nun auch offen Homosexuelle und ihre Treffpunkte im Visier der Nazis:

> Heute nachts wurde im Cafe Paulanerhof ein Tränengasanschlag verübt. Im Souterrainlokal des Kaffeehauses befindet sich die Tanzdiele, in der homosexuelle Männer zu verkehren pflegen. Gegen 11 Uhr abends erschienen in diesem Souterrainlokal drei junge Burschen, die beim Eingang stehen blieben und [...] nach wenigen Minuten eilig das Lokal [verließen]. Kaum waren sie auf der Gasse, als sich das Lokal mit dichtem Tränengasqualm füllte. Unter den Gästen entstand eine furchtbare Panik. Auf der engen Stiege, die aus dem Souterrainlokal ins Kaffeehaus führt, entstand ein riesiges Gedränge, ohne daß zum Glück jemand verletzt wurde. [...] Die Polizei [...] konnte nach der erfolgten Lüftung bei dem Eingang ins Souterrainlokal einen Lederbeutel finden, in dem sich einige sehr große zertretene Phiolen befanden, die zweifellos mit dem Tränengas gefüllt gewesen waren. Es unterliegt keinem Zweifel, daß diese Phiolen von den drei jungen Burschen, offensichtlich Nationalsozialisten, auf den Boden geworfen und zertreten worden seien.[27]

Das etwa seit der Jahrhundertwende bestehende Café Paulanerhof lag am Rande des Naschmarkts und war in den 1920er- und 1930er-Jahren

26 Anonym: Darf ein solcher Film weiter aufgeführt werden?, in: Reichspost, 29.4.1933, S. 7.

27 Anonym: Tränengasanschlag im »Paulanerhof«, in: Wiener Sonn- und Montags-Zeitung, 6.11.1933, S. 5.

Teil der homosexuellen Subkultur, die sich in Wien auf drei Zentren verteilte. Einerseits bot der Prater mit seinen Vergnügungslokalen, den großen Grünflächen mit versteckten Winkeln und dem nahe gelegenen Römischen Bad vielfältige Möglichkeiten der Kontaktaufnahme, daneben fanden Männer wie Frauen in den Nebenstraßen der Kärntnerstraße, der Anna-, Johannes- und Weihburggasse mehr oder minder mondäne Treffpunkte. Dazu gesellte sich der Naschmarkt mit dem Resselpark am Karlsplatz, dessen Bedürfnisanstalt, im Wiener Jargon »Loge« genannt, ein Homosexuellen- wie polizeibekannter Anbahnungsort war. Schon 1926 hatte die *Wiener Nacht-Presse* allerdings auch vor der für homosexuelle Männer tatsächlich wegen häufiger Erpressungen gefährlichen Stricherszene gewarnt:

> Wenn man gegen Morgengrauen durch die »Promenade« zur »Hamburgerloge« [bei der Hamburgerstraße] geht, kann es nur allzu leicht passieren, daß man von jungen Burschen, die keiner ehrlichen Arbeit nachgehen und größtenteils vom Schandgelde leben, angegriffen wird. [...] Auch in der »Promenade«: Wienzeile kann man stets einen Rudel verdächtiger, junger, verwahrloster Burschen im Alter von 16 bis 25 Jahren beobachten, die dort ihr Unwesen treiben.[28]

28 Anonym: Homosexuelle »Logen« am Naschmarkt!«, in: Wiener Nacht-Presse, 22.11.1926, S. 4.

In der »Tanzdiele« des Paulanerhofs fanden auch Veranstaltungen statt. So trat die stadtbekannte Reichsgräfin Triangi zwischen April 1932 und Juli 1933 viele Wochen dort auf. Beatrix Cita Reichsgräfin Triangi von und zu Latsch und Madernburg, die auch nach Abschaffung des Adels in Österreich auf ihrem angeheirateten Titel bestand, war eine schillernde Persönlichkeit des Wiener Kulturlebens und ein Wiener Original. Als Beatrix Samek in Brünn 1868 in eine jüdische Familie geboren wurde ihre erste Ehe mit einem Fabrikanten nach der Geburt ihrer Tochter Lidia bald geschieden. Für eine geplante zweite Ehe in Paris wechselte sie zum katholischen Glauben. Um einen bulgarischen Kaufmann heiraten zu können, konvertierte sie zur serbisch-orthodoxen Kirche. Für die dritte Ehe mit dem Zeitungsverleger Albano Reichsgraf Triangi zu Latsch und Madernburg in Wien wurde sie evangelisch. Nach dessen Tod Mitte der 1920er-Jahre trat sie in Vergnügungsetablissements, Gasthäusern und Vorstadtsälen an die Öffentlichkeit. Ihre schrillen Auftritte, bei denen sie Flöte spielte, tanzte und sang, erregten nicht nur Aufsehen, sondern auch Spott und Häme, die sie mit Beschimpfungen und Ohrfeigen fürs Publikum quittierte. Auch im Alltag zog sie grell geschminkt und auffällig gekleidet durch die Stadt und wurde auch früh zum Hassobjekt antisemitischer Hetzschriften. Und sie scharte offenbar auch junge homosexuelle Männer um sich. So etwa der aus ärmsten Verhältnissen stammende Engelbert Sedlatschek, der schon als Jugendlicher wegen kleinerer Diebstahlsdelikte in die Besserungsanstalt »nach Kaiserebersdorf in die Korrektion« gekommen war, wie er in einem Gestapo-Verhör 1939 aussagte.

> Nach dieser Zeit ging ich wieder mit Blumen hausieren. Während dieser Zeit trat ich auch öfters als Tänzer auf Dilettantenbühnen und bei der Wiener Filmgesellschaft als Statist auf. Unter anderem trat ich auch mehrmals mit der Reichsgräfin Triangi auf. Durch das Herumhausieren mit Blumen kam ich auch in verschiedene Lokale, die damals mit Vorliebe von Homosexuellen besucht wurden. Vor ungefähr drei oder vier Jahren [1935/36] wurde ich dann einmal bei einer Razzia im Cafe »Marokkanerstüberl« ausgehoben.[29]

Engelbert Sedlatschek überlebte die Homosexuellenverfolgung der NS-Zeit, Beatrix Triangi wurde im Februar 1940 von der Gestapo verhaftet und in der Heilanstalt Steinhof interniert, wo sie am 28. April 1940 offiziell an Lungenentzündung starb.

Wenige Monate nach dem Überfall auf den Paulanerhof wurde das Rote Wien und die Demokratie in den Februarkämpfen 1934 durch die Austrofaschisten zerstört. Auch wenn die Wiener und österreichische Sozialdemokratie wenig gegen die Verfolgung Homosexueller unternommen hatte, sollte es für diese in den nächsten Jahren nur schlimmer werden. Der austrofaschistische Ständestaat widmete ihnen trotz des herrschenden katholisch-reaktionären Klimas wenig Aufmerksamkeit, erst mit dem »Anschluss« sollte die Verfolgungsintensität und ihre Brutalität rasant steigern. Alleine in Wien wurden über einhundert Männer, die wegen gleichgeschlechtlicher Kontakte verurteilt worden waren, in Konzentrationslager verschleppt. Nur dreißig Prozent von ihnen sollten diesen Terror überleben.

29 Wiener Stadt- und Landesarchiv, WStLA, Landesgericht für Strafsachen, A11: LG I Vr 4707/39, S. 27.

SODO VIENN

Manifestationen

SODOM VIENNA
Gemeindebau

Wahlkampfauftakt und
erste Proklamationen

SODOM VIENNA lädt Sie ein
zur Ausrufung der sündigen Stadt
Ganz Wien ist heut auf Sodom Queen
So herrlich in, hin, in, hin

Die perversen roten Gender-Spieler*innen (Sabine Marte, Verena Brückner, Thomas Hörl, Peter Kozek, Larissa Kopp, Florian Aschka, Oliver Stotz) schreiten am symbolischen Platz des 12. Februar vor dem Karl-Marx-Hof ein. Achtung, Attention, es folgt: die Hymne des sodomitischen Klassenkampfchores: Ho-ruck nach Liebe links! / Gemeinde und Genoss*innen / Ganz Wien auf Sodom Queen / Feministisch und weltoffen

Sodom Vienna: Queer-Commonism and Basic Income with Perversion!

On August the 8th 2020 7:30 pm sharp the Red Performers will sing on the highly symbolic »Square of the 12th of February«, in front of the Karl-Marx-Hof communal housing project, the hymn of the sodomitic class struggle choir and make their first proclamation.

The Karl-Marx-Hof embodies the representation of the communal housing system during the era of the Red Vienna. In February 1934 the Karl-Marx-Hof was a centre of the resistance against fascism in Austria.

As prime example of the so called monumental »Superblocks«, this communal housing project was built directly in the rich neighbourhood in the Döbling district. In the 1920s the Red Vienna was the proclamation of an utopia and the »new human« in housing policy, womens emancipation, educational and public health policy.

Santa Sodom will appear in transnational solidarity to bless all of Vienna:

»100 Years Red Vienna – Red Hearts burn for Solidarity«

Sodom Vienna Gemeindebau (communal housing) – Stride forward with enthusiasm!

The huge communal housing block at the Friedrich-Engels-Platz is another textbook example of the so called superblock during the Red Vienna era and used to be an important bastion of the socialist »Schutzbund« (paramilitary units affiliated with the socialist party)

In the court yard a sculpture group is situated: »Schreitender Mann« (Striding Man) and »Schreitende Frau« (Striding Woman) by Karl Stendal.

Love, classfight and community housing for all!

All Vienna is for Sodom Queen

»SODOM VIENNA schreitet lustvoll vorwärts«

Innenhof des Friedrich-Engels-Hof, Skulpturengruppe: »Schreitender Mann« und »Schreitende Frau« von Karl Stendal

Das Rote Wien der 1920er-Jahre war die Ausrufung einer Utopie und des »neuen Menschen«, in Wohnbaupolitik, Frauenemanzipation, Bildungs- und Gesundheitspolitik. Das Sodom Vienna der 2020er-Jahre ist queercommonistischer und solidarischer Menschheitsfrühling für alle!

JA zu Klassenkampf und Genderwahn! Entmannen und Verstaatlichen!

Active, Passive, Versatile: Wahlrecht für alle Menschen, die in Wien leben!

Der Karl-Marx-Hof verkörpert die Repräsentation des kommunalen Wohnbaus im Roten Wien. Im Februar 1934 war der Karl-Marx-Hof ein Zentrum des Widerstandes gegen den Faschismus. Der Hof ist ein Musterbeispiel des monumentalen »Superblocks«, der den Reichen in Döbling vor die Nase gesetzt wurde.

»**SODOM VIENNA ist Menschheitsfrühling im Gemeindebau!**«

Der riesige Wohnbau am Friedrich-Engels-Platz (auch auf Seite 26/27) ist ein weiteres Paradebeispiel eines Superblocks des Roten Wien und war ein wichtiges Bollwerk des sozialistischen Schutzbundes.

Liebend gern im Kampf gegen Rassismus, Faschismus und Sexismus!

No borders, only SODOM VIENNA!

Wahlrecht für alle!
Right to vote for all!

Sodom und Gomorrha Favoriten: Migrantifa Orgienfeen heilen rechten Inländermob!

Active, Passive, Versatile – Wahlrecht für alle!

Heimat ist der Tod, mein Arsch ist offen rot!

SODOM VIENNA – Euer ANTIFA-Virenschutz für ganz Wien!

Dresscode: Rot und Schwarz, und bitte mit Mund-Nasen-Schutz! Wir wollen in der Corona-Pandemie solidarischen Abstand demonstrieren und aufeinander aufpassen.

Sichtbar in vielen roten Farben werden wir gemeinsam 100 Jahre SODOM VIENNA postulieren, eine postutopische, solidarische und lustvolle Stadt: mit Antira, Antifa und feministischen Reden, Songs und queeren befreienden Ritualen: Ho-ruck nach Liebe links!

Die Demonstration startet am politisch umkämpften Viktor-Adler-Markt, der 1919 nach dem Arzt und sozialdemokratischen Vorkämpfer der Arbeiter*innenbewegung des Roten Wien benannt wurde. Viktor Adler (1852–1918) trug als Begründer der Sozialdemokratischen Arbeiterpartei Ende des 19. Jahrhunderts maßgeblich zur Sichtbarmachung des Arbeiter*innenelends bei. Die verheerenden Wohnverhältnisse und Arbeitsbedingungen in den Ziegelfabriken von Favoriten waren ein wesentlicher Ausgangspunkt für den sozialdemokratischen Kampf, der mittels großer Streiks der vielfach migrantischen Arbeiter*innen aus Böhmen ausagiert wurde.

Anfang der 1920er-Jahre wurde auf dem Gelände der Ziegelwerke in Oberlaa auch die größte österreichische Filmproduktion mit mehr als

Mit Kollektiven wie Omas gegen Rechts, Afro Rainbow Austria, Queer Base, LGBTIQ Têkoşîn und Künstler*innen wie Hiphop-Artist Xéna N.C., Samba-Band (Maracatu Caxinguelê), der Daihatsu Rooftop Gallery und vielen anderen Aktivist*innen nimmt SODOM VIENNA im Vorfeld der Wiener Wahlen im Oktober 2020 den politisch umkämpften Viktor-Adler-Markt ein.

10.000 Statist*innen gedreht, um die biblische Geschichte rund um die perversen Städte Sodom und Gomorrha, »die Legende von Sünde«, nachzustellen. Große Lusttempel wurden als Filmkulisse aufgebaut (siehe Kapitel Oberlaa, ab S. 56).

1925 benannte die sozialdemokratische Stadtregierung den Platz neben dem späteren städtischen Amalienbad (1926 im Zuge des Bäderprogramms der präventiven Gesundheitspolitik von Bürgermeister Karl Seitz eröffnet) nach dem ersten sozialdemokratischen Bürgermeister, Jakob Reumann (1853–1925). Dort wird die Abschlusskundgebung der Demonstration SODOM VIENNA FAVORITEN stattfinden.

Safe Sex und Bondage gegen Rassismus, Kampf dem Rechtsextremismus

In Wien kommt kein Arsch zu kurz

SODOM VIENNA – Antifa, Genderwahn, Pervers!

On Septembre the 12th 3pm, one month before the Viennese elections, there will be SODOM VIENNAs big pre-election party demonstration at Viktor-Adler-Markt, 1100 Vienna.
Together with AfroRainbowAustria, Omas gegen Rechts, Têkoşîn LGBTIQ, Queerbase and many many more.
Let's demonstrate, and cheerfully proclaim in Vienna Election Times Queering 100 years of Red Vienna – Make Vienna a great pleasure hole again!

Dresscode: Shiny Colors of Red, Black and please wear protection masks!

Queerer Orgienmob frisst Straches und Graue Wölfe!

Forderungen von
SODOM VIENNA und der Perversen Partei Österreich

SODOM VIENNA ist transnationale Solidarität!
Liebend gern im Kampf gegen Rassismus, Sexismus, Faschismus und Kapitalismus! Geflüchtete dürfen nicht länger für nationalistische Propaganda missbraucht werden. Stopp rassistische Hetze! Wir sagen: Safe reinschieben statt abschieben! No borders, only SODOM VIENNA! Wahlrecht für alle Bewohner*innen Wiens!

SODOM VIENNA ist queere Liebe!
Neudefinition des Familienbegriffs und Förderung queerer Beziehungsweisen. Patriarchale und heterosexuelle Privilegien sowie Burschenschaften sind abzuschaffen.

SODOM VIENNA ist neuer Menschheitsfrühling für alle!
Umschwenken von leistungs- und gewinnorientiertem, kapitalistischem und wirtschaftlichem Denken, hin zu umverteilungsorientierten feministischen, queercommunistischen und klimaschützenden Wirtschaftsformen.

SODOM VIENNA ist Luxus für alle!
Gerechtes Leben, solidarische Liebe, feministische Bildung und queere Ausbildung für alle. JA zu Klassenkampf und Genderwahn! Stärkung unkonventioneller Handlungs-, Lebens- und Existenzweisen. Social global Income! Lasst die Reichen zahlen!

SODOM VIENNA ist Eure solidarische Natur!
SODOM VIENNA steht für bioökologische Kompostwirtschaft, aber auch vielfältigen öffentlichen Verkehr, das Verbot des Privaten und Gebot des Öffentlichen! SODOM VIENNA steht für Entmannung und Verstaatlichung von Konzernen und Wohlbefinden im ökologischen Einklang mit Natur mit herrschaftskritischen SM-Geboten.

SODOM VIENNA
Kaisermühlen

Schwimmender
Protest

Ganz Wien ist heut auf Swimming Sodom Queen

Schwimmvergnügen und Bodypositivity – Protestumzug auf der Alten Donau. Santa Sodom wird euch retten: 100 Jahre Rotes Wien – Alle Körper sind nackt schön!

Kommet, staunet und wählet: SODOM VIENNA geht protestierend baden. Am Sonntag werden die Partei- und Wahlkampfsegel gehisst, und ab 14 Uhr startet die schillernde perverse Prozession gegenüber dem Strandbad Gänsehäufel. Wir werden dieses mit dem Segen Santa Sodoms umrunden und langsam die Alte Donau bis zur Lagerwiese Rehlacke/Lagerwiese Alte Donau fahren, wo wir um ca. 16 Uhr anlanden.

Antirassistischer Orgienmob schwimmt lustful! Antiracist gleeful swimming!

Relax – all bodies are beautiful. Joyfully fighting Racism, Sexism and Fascism!

Begleitet uns in Booten, ergötzt Euch am Ufer oder werdet feucht mit uns! Der singende rote Subchor wird uns empfangen.

Die Bäder an der Alten Donau, und speziell das Gänsehäufel, wurden in den roten 1920er-Jahren gegründet und stehen bis heute für großes Badevergnügen. Die vielen badenden Menschen werden mit sodomitischen und queerfeministischen Wahlkampfslogans, Musik und queeren diversen Körpern in einer Schwimmparade beglückt.

Körperentspannungen und Energiewende jetzt!

Rüstet euch, ihr Sexmonteur*innen und schafft Entspannung!

Exhilarated processions and liberating rituals in the spirit of the 1920s: SODOM VIENNA, the post-utopian city of solidarity and joy, presents anti-racist and queer-feminist manifestations. The floating manifestation on the waters of the old Danube will be all about body positivity, leisure and no-work time. Heave-Ho left ist love! (Wienwoche 2020)

**Bodypositivity and Leisure Time
– 100 Jahre Rotes Wien, ganz
Wien wählt Sodom Queen!
Ho-Ruck nach Liebe links!**

Wiener Ärsche erheben sich

SODOM VIENNA ruft gemeinsam mit zahlreichen antifaschistischen Organisationen zur Schandwache vor dem Lueger-Denkmal auf. Wir fordern die Abwahl des antisemitischen Ehrenmals und der postnazistischen Erinnerungspolitik!

Das Denkmal für den Antisemiten Karl Lueger wird in einer antifaschistischen Aktion einmal mehr als Schande sichtbar gemacht. Die Graffitis auf dem Schandmal werden durch die Schandwache beschützt.

The Schandwache (Vigil of Disgrace) took place in October 2020 at the monument to the former mayor of Vienna Karl Lueger. Lueger is considered one of the most pronounced anti-Semites of the 20th century. His memorial is disputed. The aim of the action was to protect graffiti from removal by the authorities. It had been placed on the monument by unknown persons in the summer of 2020 to mark it as a »Schande (Disgrace)«. The »Schandwache« took place in cooperation with 16 civil society, cultural and political organizations in the week before the elections in Vienna. Before the opening, two of the »Schande« inscriptions were replicated as gold reliefs and applied to the monument. The installation was destroyed the same day by right-wing extremists. In the course of the following public debate, representatives of the Vienna city government spoke out in favour of a redesign of the monument.

Platz gegen Antisemitismus statt Karl-Lueger-Platz!

Karl-Lueger-Platz umbennen!

Lueger entmannen!

Die Schandwache am Lueger-Denkmal

Birgit Peter

In Wien schwelt seit 2020 ein heftiger Konflikt wegen der Benennung eines Platzes und des dortigen Denkmals. Es handelt sich um die Ehrung des christlichsozialen Wiener Bürgermeisters Karl Lueger (1844–1910), nach dem dieser Platz benannt wurde, in dessen Zentrum das monumentale Denkmal, 1926 geschaffen vom deutschnationalen Bildhauer Josef Müllner, steht. Die Komposition dieses Werkes zeigt die überlebensgroße Gestalt Luegers, positioniert auf einem Sockel, dessen Reliefs Wiener Arbeiter*innen und Kleinbürger*innen zieren. Die Ikonografie erzählt von einem heroischen Menschenfreund, der die Elenden befreite. Dieses unter der sozialdemokratischen Stadtregierung errichtete Denkmal für den Begründer der christlichsozialen Partei in einer krisenhaften, von politischen Kämpfen geprägten Ära zeugt von einer bemerkenswerten Übereinstimmung der verfeindeten Lager in Bezug auf die Verehrung Luegers. Als Visionär und erfolgreicher Kommunalpolitiker wurde er zum »Volkskaiser« mystifiziert, sein aggressiver Antisemitismus, den er als politisches Instrument ab den 1880er-Jahren massiv gebrauchte und populär machte, wurde dagegen verschwiegen, vergessen, verleugnet und zuletzt verharmlost.

Im Oktober 2020 sollten die Wiener Gemeinderatswahlen stattfinden, die Sichtbarkeit der »Schande«-Schrift am Lueger-Denkmal störte das innerstädtische harmonische Selbstbild des hübschen Platzes um die alte Platane, zwischen dem malerischen Café Prückel und dem legendären Kabarett Simpl gelegen. Parkbänke und rot blühende Rosenbeete laden die Flanierenden zur Pause ein, zwischen dem geschäftigen Eilen in die Wollzeile mit ihren kleinen Geschäften hin zum Stephansplatz. Schräg gegenüber befindet sich das elegante Museum für angewandte Kunst, der Stadtpark, hinter dem Denkmal, wenige Minuten entfernt, die elitäre Österreichische Akademie der Wissenschaften.

Der Platz repräsentiert einen Aspekt der inneren Stadt, der weniger touristisch, mehr als Raum von oft wohlhabenden, vielleicht kunstsinnigen, intellektuellen Menschen eingenommen wird.

Das besprayte Denkmal mit den die Idylle störenden »Schande«-Schriftzügen wurde von einem Bauzaun umstellt, ein Akt der Beschwichtigung der grollenden Empörung: »Bemerkenswert an dieser neuen Maßnahme war, dass der Bauzaun als Objekt die Graffiti kaum verdeckte. Er diente weniger als physischer Sichtschutz denn der symbolisch-strategischen Beruhigung eines Konflikts: einerseits, indem er das Denkmal physisch unzugänglich, im Wortsinne unantastbar machte, andererseits durch den bürokratischen Gestus, der beschwichtigend nahelegte, dass die Stadtverwaltung in Bälde für ›Ordnung‹ sorgen würde.«[30]

Die rechnete allerdings nicht mit der skulpturalen Intervention, die am Morgen des 5. Oktober 2020 startete. Die Idee zu einer »skulpturalen Intervention und performativen Handlungsanweisung« der Künstler*innen Eduard Freudmann, Mischa Guttmann, Gin Müller, Simon Nagy und Anna Witt entstand als Resultat des zögerlich-beschwichtigenden Umgangs der Stadt Wien mit dem besprayten Denkmal. Zuerst reagierte die Stadt mit der sofortigen Entfernung der Schriftzüge, der die ebenso rasche Wiederanbringung folgte. Die Stadt ließ die Schrift stehen, doch für den 9. Oktober, dem Tag vor dem Wahlsonntag, war die Entfernung der Graffiti geplant. Die Schandwache setzte sich zum Ziel, die Schriftzüge zu beschützen, »die das Ehrenmal für Karl Lueger als das markieren, was es ist: eine Schande«.[31] Sie forderten die Erhaltung der Graffitis, bis eine Umgestaltung verwirklicht ist.

»Der erste Triangelschlag erklingt am Montagmorgen. Auf dem Scheinwerfersockel rechts vor dem Karl-Lueger-Denkmal in der Wiener Innenstadt stehen zwei schwarz gekleidete Aktivistinnen. Auf der Fahnenstange, die sie halten, weht eine Flagge mit dem Logo der Jüdischen österreichischen Hochschüler*innen. Das meterhohe Denkmal hinter ihnen, auf dessen Spitze die überlebensgroße Bronzestatue Luegers thront, ist kurz zuvor um zwei plastische goldene Schriftzüge erweitert worden. Einmal vertikal, einmal horizontal buchstabieren sie jeweils: ›Schande‹.«[32]

Es beteiligten sich sechzehn unterschiedliche Organisationen, die die Dreistundenschichten übernahmen, eingeläutet vom Triangelschlag: SODOM VIENNA, der Verein Gedenkdienst, die Grünen & Alternativen Student_innen, Aktivist*innen des Frauen*Volksbegehrens, der Hashomer Hatzair, die Burschenschaft Hysteria, die Jüdische Österreichische Hochschüler:innenschaft, der KZ-Verband, LINKS, die Migrantifa Wien, die Muslimische Jugend Österreich, die Theatergruppe Nesterval, die ÖH der Akademie der bildenden Künste, das Queer Museum, die Sozialistische Jugend Wien und das tfm Archiv.

30 Nagy, Simon: Die Unsichtbarkeit eines Denkmals, die Sichtbarkeit seiner Schande, www.textezurkunst.de/articles/simon-nagy-die-unsichtbarkeit-eines-denkmals-die-sichtbarkeit-seiner-schande/

31 Nagy, Simon: Flyer zur Schandwache, 1 Blatt.

32 Nagy, Simon: Die Unsichtbarkeit eines Denkmals, die Sichtbarkeit seiner Schande, www.textezurkunst.de/articles/simon-nagy-die-unsichtbarkeit-eines-denkmals-die-sichtbarkeit-seiner-schande/

Plötzlich zeigte sich breites Medieninteresse, das allerdings nicht die Schande der Ehrung Luegers verhandelte, sondern eine Auseinandersetzung zwischen Links und Rechts witterte.

»Aufregung um ›Schandwache‹ bei Lueger-Denkmal Wien« titelten die Salzburger Nachrichten, um von der Störaktion von Neofaschisten zu berichten, die wenige Stunden nach der Ausrufung der Schandwache die goldenen Schriftzüge abschlugen und gewalttätig wurden.

Einige Tage zuvor erging der Aufruf der LICRA (Ligue Internationale Contre le Racisme et l'Antisémitisme) in Der Standard:

»Das Karl-Lueger-Ehrenmal und der Dr.-Karl-Lueger-Platz ehren einen der prononciertesten Antisemiten des 19. Jahrhunderts. Diese Ehrung ist selbst antisemitisch und verfälscht Geschichte. Wir fordern daher eine Veränderung an Platz und Ehrenmal, die unmissverständlich jede Ehrung Luegers verunmöglicht.«[33]

Die Schandwache legte die Konfliktlinien offen, provozierte das Aussprechen dieser sich ausschließenden Positionen.

Rückblickend beschrieben die Künstler*innen-Initiativen die Zusammenarbeit der Gruppen, das Vor-Ort-Sein, das inszenierte Positionbeziehen und die resultierenden Debatten als eine »Form der temporalen Solidarität. Nicht zahlreiche Menschen fordern zum selben Zeitpunkt mit lauter Stimme das Gleiche, sie organisieren sich vielmehr über einen längeren Zeitraum, um ihr geteiltes Begehren fortlaufend zu artikulieren.«[34]

An Tag vier der »Schandwache« war ein Ziel erreicht, die Stadtregierung versprach, die Graffitis vorerst nicht zu entfernen und den Bauzaun abzumontieren. Der Protest fand weiter, bis zur Wien-Wahl, statt, da die Notwendigkeit der Debatte um eine prekäre Denkmalpolitik unübersehbar geworden war.

Im März 2021 erfolgte seitens der Stadtregierung der Beschluss zur Umgestaltung des Denkmals. Doch weiterhin zeigte sich enormes Konfliktpotenzial um die Bedeutung der tatsächlichen Umsetzung dieses Beschlusses. Die Bedeutung bringt Benjamin Kaufmann vom Wiener Büro der LICRA auf den Punkt, es ist die Gewalt, die das Ehrenmal affirmiert: »Gewalt ohne Parteinahme zu ›problematisieren‹ bedeutet, ihr nicht gerecht zu werden, weil es verdeckt, dass Gewalt niemals passiv ist, sondern angetan wird. Gewalt ist nicht nährend, sondern – im Gegenteil – verzehrend. Gewalt umzudeuten, erfordert Distanz und Ressourcen in einem Ausmaß, die jene der Instanz, welche die Gewalt perpetuiert, übersteigen. Im Rahmen der Schandwache ist eine Umdeutung des Lueger-Ehrenmals an sieben aufeinanderfolgenden Tagen gelungen, auch weil die immense Kraftanstrengung der performativen Umdeutung von siebzehn Gruppen getragen wurde.«[35]

33 Aufruf: Lueger-Denkmal: Antisemitisch, verfälscht Geschichte, in: Der Standard, 1.10.2020, www.derstandard.at/story/2000120451725/lueger-denkmal-antisemitisch-verfaelscht-geschichte, (02.03.2022).

34 Freudmann, Eduard; Guttmann, Mischa; Müller, Gin; Nagy, Simon; Witt, Anna: »Gemeinsam Schande bewachen«, in: Volksstimme 11, 2020, S. 18–20, www.volksstimme.at/images/archiv/pdfs/2020/2020_11_November.pdf

35 Kaufmann, Benjamin und Christian Fuhrmeister: Die Schandwache am Lueger-Ehrenmal in Wien im Oktober 2020. Benjamin Kaufmann, Wien, in: Korrespondenz mit Christian Fuhrmeister, München, in: kritische berichte 3.2021, Zeitschrift für Kunst- und Kulturwissenschaften Jg.49 2021, S. 151–163, S. 154.

SODOM VIENNA

Queer History Tour

SODOM VIENNA Queer History Tour

Auf nach Oberlaa!

In Anlehnung an den Film *Sodom und Gomorrha*, der 1921/22 unter Einbeziehung tausender Statist*innen im Arbeiterbezirk Favoriten gedreht wurde, lädt SODOM VIENNA dazu ein, anlässlich 100 Jahre Rotes Wien gemeinsam ein lustvolles und politisches »Queering« in der Stadt zu feiern.

Auf den Spuren von Sodom und Gomorrha im Roten Wien!
Anfang der 1920er wurde am Wiener Laaer Berg, heute Kurpark Oberlaa, der Film *Sodom und Gomorrha* gedreht. In dem monumentalen »Hollywoodfilm« wurde die biblische *Legende von Sünde* (Untertitel) in der imaginierten Stadt der perversen Lüste nachgestellt. Aus ganz Wien kamen dafür Menschen aus vielen Nationen, arm und reich, Gaukler*innen und Bettler*innen, Zirkuspferde, Elefanten, und Kinder zusammen. Dirigiert wurden sie von Regisseur Michael Curtiz (Mihály Kertész, 1886–1962), der zwanzig Jahre später in den USA den Kultfilm *Casablanca* drehte.

99 Jahre später folgt im Wiener Wahlkampf die Ausrufung zur neuen utopischen Stadt SODOM VIENNA: Santa Sodom Vienna, unsere gnädige Magna Mater, wurde am Laaer Berg empfangen. Sie steht für die »Legende von Sünde« in Wien: streng antibiblisch, überparteilich und pervers, lustvoll im Kampf gegen Rassismus und Sexismus.

Im heutigen idyllischen weitläufigen Park erinnert scheinbar nichts mehr an das monumentalste Filmprojekt der Ersten Republik. Der Tempel der Astarte, Mittelpunkt der Kulissenstadt von *Sodom und Gomorrha*, am Gipfel des Laaer Bergs errichtet, war weithin sichtbar, Wahrzeichen einer sich neu formierenden Stadt. In der Peripherie des Elendsviertels Favoriten angesiedelt, wo die Ziegelindustrie eine dystopische Landschaft formte, fanden Arbeitslose kurzfristig Beschäftigung. *Sodom und Gomorrha* wird zur Hoffnung für die Hoffnungslosen, erweist sich allerdings als Chimäre.

Ein anderes Utopia befand sich in unmittelbarer Nähe: der Böhmische Prater, seit dem späten 19. Jahrhundert Freizeit- und Vergnügungsort des proletarischen Wien.

DIE FILMWELT

Nr. 17/18 — Jahrgang 1921

Duell." Humoreske in zwei Teilen. In der Hauptrolle: Max Linder. — Anita Berber in „Verfehltes Leben". Eine Schicksalstragödie in einem Vorspiel, vier Akten und einem Nachspiel. Regie und Inszenierung: Maurice Armand Mondet. Wiener Fabrikat der „Mondial". — „Aus den Geheimnissen des Orients." (Tausendundeine Nacht.) Pathécolor. Sechs Teile. Bearbeitet von François Toussaint und Louis Nalpas. Regie: René Somptier und Charles Burguet ist der kolorierte Pathé-Kunstfilm eine unübertroffene Meisterschöpfung usw.

In den vier Ecken des Pavillons sind kinotechnische Apparate, Pathé-Fabrikat, ausgestellt, welche bewährte Marke durch „Mondial" vertrieben wird. Die ganze Ausstellung gibt ein Bild des Arbeitseifers und Könnens der Direktion, welche derzeit aus den Herren Direktor Joseph Rémény und Rafael Grünwald besteht.

Das erste der vorstehenden Bilder zeigt das Innere des interessanten „Mondial"-Pavillons, das zweite zeigt die hervorragendsten Mitarbeiter der Firma anlässlich der Messeeröffnung vereinigt.

Die „Sascha"

hat für das Publikum im Messegelände einen der glänzendsten Anziehungspunkte erstehen lassen. Der Pavillon trägt schon von aussen alle Anzeichen eines grosszügig installierten Ausstellungsobjektes. Beim Eintritte fallen dem Beschauer vor allem die Wandgemälde ins Auge, die sich über die drei Seiten des Raumes erstrecken. Es sind dies farbige Karikaturen aus den neuen Sascha-Filmen, welche von den Herren Heinrich Major, Alois Dezsö, Alexander Konya und Emmerich Göndör, die sämtlich als Spezialisten auf diesem Gebiete längst bekannt sind, gemalt wurden.

Das linksseitige Gemälde stellt Szenen aus dem neuesten Film „Die Herren des Meeres" dar, der von der genialen Hand des Oberregisseurs Alexander Korda geleitet, eben jetzt bei der „Sascha" hergestellt und auch in der vorliegenden Nummer ausführlich besprochen wird. Der Mitschöpfer des Gemäldes, Alexander Konya, präsentiert sich in diesem Bild als von einem mächtigen Haifisch aufgespiesst.

Ein Blick auf das Messe-Gelände (Pavillons: Sascha und Mondial).
Photo: Arenberg-Atelier, Wien, III.

Sascha-Pavillon (Innenansicht).
Photo: R. Dassuschka (Rodelfilm).

Das Gemälde gegenüber dem Eingange zeigt oben in der Mitte den Oberregisseur Michael Kertész mit dem Megaphon. Die ganze Wand ist von Karikaturen, dem grossen Sascha-Film „Sodom und Gomorrha" entnommen, bedeckt, während gegenüber solche aus dem Monumental-Filmwerk „Eine versunkene Welt" den Beschauer anziehen. In der linken Ecke sehen wir die Porträts der Maler Major, Dezsö und Göndör als wirksames Pendant zu ihrem Kollegen Konya visà-vis, der dem Rachen des Haifisches verfallen ist.

Die Mitte des Saales ziert eine überlebensgrosse Statue von Lucy Doraine als Lots Weib in dem Filmwerk „Sodom und Gomorrha".

Links vom Eingange sieht man ein interessantes in Verwendung gestandenes Modell zum Aufbau einer Szene in dem gleichen Film. Auch sonst ist für die andauernde Zerstreuung der Besucher gesorgt. Zwei Miniaturkinos führen ununterbrochen kleine Szenenbilder aus den Sascha-Filmen vor, wofür kein

5

Monumentale Massen-Besserung

Die Politik des Roten Wien und das österreichische Bibelfilmspektakel *Sodom und Gomorrha* (1922): Kontexte, Verschränkungen, Verinnerlichungen

Drehli Robnik

Wo ist in dem 1922 auf dem Laaer Berg im Süden von Wien gedrehten *Sodom und Gomorrha,* einem Monumentalfilm mit alttestamentarischen Anklängen, das Rote Wien? Also, schon klar, physisch, geografisch, empirisch ist es umgekehrt: Der Film (bzw. sein Entstehungsort) ist *im* Roten Wien. Aber die Frage stellt sich ja in Hinblick auf einen politischen, auch geschichtspolitischen, Sinn von Verortungen, auf den das Projekt *Sodom Vienna* – mit seiner Tagline »Mein Arsch ist offen rot!« – anspielt: in Hinblick auf den Sinn von In-etwas-drinnen-Sein, von Enthalten-Sein (nicht zu verwechseln mit ›Enthaltsam-Sein‹, aber dazu kommen wir noch).

Zunächst ist im Personal dieser damals teuersten österreichischen Großproduktion einiges rot, bzw. gibt es da einige Rote.[36] Zumindest antifaschistisch Aktive: Es sind da ein paar Leute in Cast und Crew von *Sodom und Gomorrha* versammelt, die später prominent mit und in antifaschistischen Filmen in Erscheinung traten. Der *Sodom*-Regisseur Mihály Kertész drehte zwanzig Jahre später, 1942, in Hollywood unter dem Namen Michael Curtiz *Casablanca*, ein nach wie vor kanonisches Antinazi-Propaganda-Melodram mit Ingrid Bergman und Humphrey Bogart. Ist *Sodom und Gomorrha* – mit seinem Untertitel *Die Legende von Sünde und Strafe* – eine Geschichte über reumütige Bekehrung, so hat auch der in ganz anderen Zusammenhängen gescriptete Film *Casablanca* eine Art Bekehrungsplot, der ebenfalls an einem ›sündigen‹, stark orientalistisch gestylten Versammlungsort verlorener Seelen spielt: Der zynisch gewordene Barbetreiber von Rick's Café, gespielt von »Bogey«, muss sein antifaschistisches Gewissen (das der alte Spanien-Kämpfer durch Liebeskummer und Suff verloren hat) wiederfinden; er lernt – und verkündet am Ende – die Lektion,

36 Richard Berczeller, der als Zwanzigjähriger in Sodom und Gomorrha den Lot spielte (das war der mit dem ›Weib‹, das zur Salzsäule erstarrt), arbeitete in den 1920er-Jahren als Arzt und sozialdemokratischer Bildungspolitiker im Burgenland, ab 1934 im Untergrund für die Revolutionären Sozialisten und nach seiner Flucht über Frankreich in die USA als Schriftsteller.

dass die Verfolgung des individuellen Glücks gegenüber der Erfüllung von Pflichten im gemeinsamen Kampf gegen Hitler zurückstecken muss. Das ist heute ein Stück Hollywood-Nostalgie, aber nicht nur: *Casablanca* brachte unlängst (2021) auch den – von der Alterskohortenzugehörigkeit her allerdings zur Retro-Empfänglichkeit für *Casablanca* prädestinierten – britischen antifaschistischen Publizisten Paul Mason auf eine Idee: Sein Votum für eine Art Antifa-Ethos, das alle – vor allem: Linke wie auch Liberale – integrativ zusammenbringen kann, stellte Mason unter die Buchkapitelüberschrift »Everybody Comes to Rick's«; so lautete auch der Titel des Scripts, auf dem *Casablanca* basiert. Masons 2021 erschienenes Buch, in dem er auf den Spirit von *Casablanca* – sowie auf den von Hannah Arendt, Antonio Gramsci und anderen – zurückgreift, heißt *How to Stop Fascism*.[37]

In dem Jahr, in dem *Casablanca* in den USA im Kino lief, 1943,[38] führte die britische Royal Air Force ihren verheerenden Luftangriff auf Hamburg durch; diese Angriffsoperation, die große Teile der Stadt durch einen kalkulierten Feuersturm zerstörte, trug den Codenamen *Operation Gomorrha*.[39] – Worauf diese Benennung anspielt, die Vernichtung einer Großstadt und vieler ihrer Bewohner*innen durch ›Feuer vom Himmel‹, das zeigt der Film *Sodom und Gomorrha* 1921/22 mit großem Aufwand in den Bauten, in der Statisterie und Pyrotechnik. Der Film hat allerdings eine in der Gegenwart spielende längere Rahmenhandlung, merklich an Wiener Locations gedreht, aber mit angelsächsisch benannten Figuren und der Londoner Börse als Ort der ersten Szene. Nach erst einer knappen Stunde beginnt der ›biblische‹ bzw. ›antike‹ Plot, und zwar mit heidnischen Festparaden im ausschweifenden Sodom; dem folgt alsbald das Spektakel von Massenaufläufen in Panik und Verwüstung, als Gottes Gericht die Stadt zerstört.

Der Übergang vom modernen Plot in den antiken, nach Sodom, erfolgt in einer Gefängniszelle, in der Mary Conway, die leichtlebige Heldin des Films (gespielt von Lucy Doraine), ein High-Society-It-Girl, nach einigen dramatischen Verwicklungen als vermeintliche Mörderin auf ihre Hinrichtung wartet. Ein junger katholischer Priester kommt und hält ihr – und dem Publikum, dem er sich zuwendet – eine Rede über die Dekadenz der lasterhaften Luxuswelt, der sie angehört: »Wehe dir, elende Welt! Du neues Sodom und Gomorrha! Du bist reif, um vernichtet zu werden«, steht im Titelinsert seines Ausrufs, und weiter: »In deinen Palästen feiert das Laster Orgien wie einstmals in der Stadt des Lot ...!« Und dann erfolgt der Übergang in die zum moralisierenden Vergleich beschworene biblische Stadt.[40]

Von *Sodom und Gomorrha* kursieren diverse Fassungen. Die Rekons-

37 Mason, Paul: *How to Stop Fascism*, London 2021.

38 Im selben Jahr spielte Walter Slezak, der Darsteller des jungen Lovers in *Sodom und Gomorrha* (und so wie Kertész/Curtiz ebenfalls in die USA bzw. nach Hollywood emigriert), den deutschen U-Boot-Kapitän in Alfred Hitchcocks Antinazi-Kriegs- und Survival-Thriller *Lifeboat*. Andere unter den an *Sodom und Gomorrha* Beteiligten machten übrigens später im Nazi-Kino Karriere, so etwa Kameramann Gustav Ucicky als Regisseur des groß angelegten antipolnischen und antisemitischen Hetzfilms *Heimkehr* mit Paula Wessely, 1941.

39 Die Royal Navy – nicht Air Force – wiederum steht Sodom näher: Ihre Tradition beruhe, so heißt es in einem alten Ausspruch des britischen Kriegs-Premierministers Winston Churchill, zur Gänze auf »rum, sodomy and the lash«.

40 Die Verbindung zwischen »modern story« und »ancient story« durch moralische Vergleiche zwischen heutigen Verhältnissen und biblischen bzw. religionsgeschichtlichen Situationen ist ein Standard in Hollywoods vergleichbaren Monumentalfilmen: so durch die überhistorische Vergleichsklammer der *Intoleranz* in David Wark Griffiths *Intolerance* (USA 1917) bzw. durch einen Übergang von Moses und dem Goldenen Kalb zum Bibel-Lesen in der Gegenwart (also vom Früher ins Heute) in Cecil B. DeMilles *The Ten Commandments* (USA 1923).

truktionsfassung des Filmarchiv Austria von 1990 erzählt es so, dass Mary sich in die Rolle von »Lots Weib« hineinträumt.⁴¹ Der Sodom-Plot ist ihr Traum; als der Traum endet, sehen wir sie wieder in der Zelle, dort mahnt sie noch einmal der Priester, dann wird sie zur Hinrichtung geführt – und wacht plötzlich daheim in ihrem Himmelbett auf: Sie hat *alles* nur geträumt, auch die Leidenschafts- und Gewaltverwicklungen und ihren Gefängnisaufenthalt, und nun ist sie bekehrt und bereit zur Ehe mit einem armen, braven Bildhauer.⁴² Sodom ist also ein Traum im Traum (oder Albtraum im Albtraum); und in der Rekonstruktion von 1990 kommt noch ein Traum hinzu⁴³: Das ist nun also ein *Traum im Traum im Traum*, der in der Weise eingeführt wird, dass es mitten im Plot um Sodom (sowie um den mahnenden Engel des Herrn und um Lot und sein »Weib«) per Titelinsert heißt: »In ihrer Traumvision wandelt sich Mary nun zur Königin von Syrien. Während die Königin orgiastisch feiert und der Liebe eines Jünglings huldigt, darbt das Volk.« Die folgenden dreißig Minuten führen das Publikum nach Syrien, in ein ähnlich pompöses Dekadenzszenario wie in Sodom, allerdings mit dem Unterschied, dass hier Massenauflauf und Zerstörung der herrschaftlichen Gemäuer nicht auf Gottes Walten zurückgehen, sondern auf einen Volksaufstand gegen die auf religiöse Macht gestützte herrschende Kaste. Das geschieht mit Agitationsreden – »Tod den Peinigern und Ausbeutern!«, »Erhebt euch!« – sowie mit Sturm auf den Palast der Königin und revolutionärer Massengewalt gegen die bewaffnete Macht des alten Regimes.

Auf die Frage, *wo* sich in *Sodom und Gomorrha* Spuren des Roten Wien finden, in welcher Weise also die österreichische Sozialdemokratie bzw. ihre Politik in diesem Film enthalten sind, *könnten* wir sagen: Die sozialdemokratische Politik des Roten Wien ist verkörpert – imaginär ins Geschehen integriert – in diesem Sturm der Massen auf ein altes, religiös gestütztes, verteilungsungerechtes System. Aber das funktioniert so nicht: Das Rote Wien bzw. die Sozialdemokratie, die in Wien ihre knapp fünfzehn Jahre überdauernde Machtbasis hatte und eine Rebel City aus Umverteilung und Sozialfürsorge errichtete, ist nicht ›dort‹, nicht ›darin‹ verkörpert bzw. verortet: nicht im Sturm auf die kapitalistische Ordnung 1918 – der ist ein Minderheitenprogramm der KP und der *Roten Garden*; die Sozialdemokratie agiert da abwiegelnd und gibt sich mit einer bürgerlichen Republik zufrieden. Sie ist auch nicht im historisch nachfolgenden Sturm der empörten proletarischen Menge auf den Justizpalast im Juli 1927, nach dem eklatant ungerechten Klassenjustizurteil im Prozess zum Schattendorf-Massaker; denn auch da verhält sich die Partei kalmierend gegenüber

---

41 Dies eher als dass der Priester ihr die biblische Geschichte von Sodom erzählt: »Nach diesem Fluche des Priesters entsteht in Mary's [sic] Traum nun die gewaltige Vision des biblischen Sodom. Mary sieht sich als Lia, das Weib des Lot.«

42 Ein Kapitel für sich ist die Gender-Hierarchie-Motiv-Verbindung zwischen den ›Weibes‹-Plastiken des Bildhauers und »Lots Weib«, die – wie immer in der Bibel, so auch in Sodom und Gomorrha – aufgrund ihrer Leidenschaft für spektakuläre Bilder, also weil sie sich gegen Gottes Verbot nach der untergehenden Stadt Sodom umdreht) zur skulpturalen Salzsäule erstarrt.

43 Weshalb diese Fassung auch deutlich länger ist, nämlich 123 Minuten. Die spätere Rekonstruktion des Filmarchiv Austria ist kürzer (95 Minuten) und enthält den betreffenden Zusatzplot nicht.

der Menge, die im Justizpalast Akten aus dem Fenster wirft und Feuer legt, worauf der von den Christlichsozialen gestützte parteilose Wiener Polizeipräsident Schober der Polizei den Schießbefehl erteilt, durch den 84 Arbeiter*innen getötet werden. (Die hegemoniale bürgerliche Geschichtsschreibung nennt dieses Ereignis bis heute den »Justizpalastbrand«, weil's um die schönen Akten, Möbel und Gebäudeteile, die verbrannt sind, so schade ist.)

Aus der Perspektive der Sozialdemokratie bleibt der Volksaufstand ein Traum – oder Albtraum. Jedenfalls ein Traum, eine fremdkörperhafte, zugesetzt wirkende Episode in *ihrem* Traum, im halbutopischen Traum der Sozialdemokratie vom bruchlosen »Hinüberwachsen« in den Sozialismus, im Aufbau einer Stadt mit einem gewissen Maß an Massenbeteiligung am Reichtum inmitten eines christlichsozial dominierten Landes auf dem Weg in den Klerikofaschismus (oder in die autoritäre Kanzlerdiktatur, auch ohne F-Wort wird das Regime der Vaterländischen Front nicht schöner).

Wo ist das Rote Wien, die sozialdemokratische Macht und ihr Tun, nun *wirklich*, nicht nur geträumt, in *Sodom und Gomorrha*? Ich würde meinen, eine handfeste Verkörperung der Sozialdemokratie – zumal noch bevor im Plot die ganze Sache mit den Träumereien losgeht – bietet uns *Sodom und Gomorrha* in der Gestalt des katholischen Priesters (eines Nachwuchspriesters, der noch nicht lange amtiert, wohlgemerkt). Der Prediger markiert den strukturellen Ort der sozialdemokratischen Politik, ihrer Massenführung und Agitation. Wenn er abrupt den sündigen Ort der Verlobungsfeier zwischen Mary und einem alten Finanzmagnaten betritt – eine Art hoher Weinkeller mit einem riesigen Weinfass, allerdings auch mit einer großen Pfeifenorgel –, wenn er dort dann den feiernd und schmusend versammelten reichen Décadents mit geballter Faust eine Strafpredigt hält (»Haltet ein in Eurem sündhaften Treiben!«, »Gesegnet sei die Hand, welche diese erbärmliche Welt hinwegfegt, die reif ist zur Vernichtung!«), dann sehen wir das Rote Wien in Aktion. Die Tugendpredigt ist der strukturelle, politischrhetorische Ort der Sozialdemokratie.

Bis zu einem gewissen Grad haben die österreichische Sozialdemokratie und die austromarxistische Weltanschauung, der die Sozialdemokratie in den 1920er- und 1930er-Jahren anhing, Anteil an dem, was circa zeitgleich von der Kritischen Theorie als eine Geschichte der Moralisierung und Verinnerlichung/Vergeistigung von aufbegehrenden Massenbewegungen untersucht wurde:[44] Die Massen wollen die Welt gerechter und mehr Anteil am Reichtum, die (christlichen, später bürgerlichen) Massenführer predigen ihnen, dass die Welt *sauberer* werden müsse und

44 Etwa bei Max Horkheimer: *Egoismus und Freiheitsbewegung. Zur Anthropologie des bürgerlichen Zeitalters*, in: Zeitschrift für Sozialforschung, Vol. 5, Frankreich 1936, S. 161–234.

Reichtum *Sünde* sei. Und sie propagieren *Askese* als Ersatz für eine politische Erneuerung sowie ein großes Aufräumen im *seelischen Inneren* als Ersatz für eine Umgestaltung in der äußeren Wirklichkeit.

Wenn schon nicht Verinnerlichung, dann sind ganz sicherlich Vergeistigung und Veredelung des Proletariats zentrale Werte der sozialdemokratischen Bildungs- und Kulturpolitik der Zwischenkriegszeit. Das rote Reformprojekt ist in hohem Maß ein Kulturreformprojekt, das nicht nur die Lebensbedingungen, sondern auch die Lebensführung der Massen *verbessern* will. Die deutschen ›Klassiker‹, Schiller und Goethe, rangieren im Austromarxismus als Lesegut gleichauf mit Marx und Engels. Selbst die (marginalisierte) intellektuelle Parteilinke, exemplarisch der Sozialphilosoph Max Adler, sieht den Sozialismus mehr als die Sache eines »Sozial-Apriori«, das er von Kant ableitet, als von konkreten Befreiungs- und Gleichberechtigungskämpfen der Ausgebeuteten.[45] Die Parteiführung und austromarxistische Partei-Intelligenz, vor allem Otto Bauer, versteht den Sozialismus überhaupt als einen Wachstumsprozess, in welchem dem Proletariat hauptsächlich die Aufgabe zugedacht ist, *reif zu* werden: Das Proletariat soll sich bilden, sein Bewusstsein und seine Kräfte erhalten – und das heißt im Roten Wien hauptsächlich, sich gesund, sauber, makellos und diszipliniert halten.

Wenn wir das Wunsch- und Fantasieszenario von *Sodom und Gomorrha* in der Interpretation politisieren, es geschichtspolitisch lesen, dann steht das Rote Wien nicht ›auf der Seite‹ der Orgie, sondern auf der Seite dessen, der die Orgie unterbricht: des Predigers, der dem zuchtlosen Treiben Einhalt gebietet.[46] Das ist in dem Film keine proletarische, plebejische oder Underdogs-Orgie, sondern die Verlobungsfeier eines Börsenakteurs, ein Festakt der ausbeutenden Klasse, aber diese erscheint hier als Masse: Die markante Weinkeller-Totale mit dem Wimmelbild aus sich vergnügenden Uperclass-Körpern ist mit derselben Verachtung für die Masse gezeichnet, mit derselben Anmutung von Masse als Chaos und Pöbel wie die späteren Aufnahmen von Sodom und Syrien – in diesem Filmspektakel, das Spektakel christlich-moralisch anklagt.[47] Diese Dialektik von spekulativem Herzeigen bei gleichzeitiger Verteufelung des Hergezeigten ist natürlich zutiefst prägend für den *männlichen Blick* – auch: den kleinbürgerlich-ressentimenthaften Blick – im Mainstreamkino und funktioniert in Teilen heute noch. Ich fokussiere hier eher auf eine Direktbeziehung: zwischen einerseits dem Wimmelbild der verlotterten Masse, dem der Priester als gefestigte, gebildete Einzelperson gegenübersteht (bis in die *mise en scène* der Weinkellerszene hinein) und anderseits den regelrechten

---

45 Und in der Julirevolte 1927 vor dem Justizpalast sieht Adler – in moralischen Kategorien – eine Aktion zur Wiederherstellung der »Ehre des Proletariats« (und nicht einen Aufstand gegen Klassenjustiz).

46 Einen ganz anderen Typus des gleichermaßen roten und christlichen Mahners verkörperte später, in den 1960er- und 1970er-Jahren, der Filmemacher und öffentliche Intellektuelle Pier Paolo Pasolini. Bei seiner konsumphobischen Sozial- und Kulturkritik am Rande des italienischen Katho-Kommunismus stoßen wir ebenfalls auf Sodom: Zu der Zelebrierung einer ›unverfälschten‹ Körperlichkeit und Sexualität vormoderner Lebensweisen – nicht homophob, aber romantisierend – in seinen Filmen, die um 1970 die Vitalität mittelalterlicher und ›orientalischer‹ Erotikfolklore feiern, steht in starkem Kontrast sein posthumer Abschlussfilm Saló oder Die 120 Tage von Sodom (I 1975), der an der Grenze des ›Ansehbaren‹ eine kapitalistische und eine faschistische Totalverwertung von sexualisierten Körpern zusammendenkt. (Nicht unähnlich der Sade-Rezeption des o.g. Horkheimer.)

47 Die Filmkritik der sozialdemokratischen Arbeiter-Zeitung hatte dafür durchaus ein Gespür: »Man könnte füglich von einem christlich-sozialen Filmdrama sprechen. Arbeiter können daher an diesem Film keinen Geschmack finden.« In dieses Urteil mündete die Besprechung von Sodom und Gomorrha (gezeichnet: A.M.) mit dem Titel ›Traum und Wirklichkeit des Filmkapitals‹, in der Ausgabe vom 7. Oktober 1922.

Ängsten, die die sozialdemokratische Parteiführung gegenüber allfälligen ungezügelten Selbstbekundungen der proletarischen Massen hegte – 1918, 1927, 1934 ...[48] Oder eine Analogie zwischen einerseits dem Weinkeller (der wohl eher auf Wien als auf London als Schauplatz der »modern story« von Sodom und Gomorrha schließen lässt), zwischen dem Handlungsort, an dem das Treiben des Luxus eingeschränkt wird, und anderseits der Champagner-Steuer: Diese zählte, neben anderen Luxussteuern, zu den Umverteilungssteuern, die das Rote Wien erhob, um mit ihnen seine Sozialbau- und Infrastrukturprogramme zu finanzieren. (Nix gegen Champagner, wenn er für alle ist; und alles für Umverteilungssteuern und Sozialen Wohnbau!)

Sodom Vienna sieht das Rote Wien im Arsch: in der Arschlochrosette als Pendant zur roten Nelke im Knopfloch, wie sie am 1. Mai zur Schau getragen wird. »Mein Arsch ist offen rot!« lautet ein zentraler Slogan von Sodom Vienna. Aber: Dieser Arsch ist im Fall des Roten Wien so offen nicht; eher zugeknöpft ist die dortige Sexualpolitik der Zwischenkriegszeit (bzw. bis zur klerikofaschistischen Dollfuß/Schuschnigg-Herrschaft 1933–1938). Schon 1987 hat Doris Byer in einer Foucault-inspirierten Disziplinartechnik- und diskursanalytischen Studie zum Roten Wien dargelegt, wie engmaschig dort proletarische Körper und Alltagshabitus mit Wissens-, Erfassungs-, Erziehungs- und Verwaltungsmaßnahmen überzogen wurden; es ging dabei um rigorose Hygiene, Verhaltensprüfung, Einschränkung sexueller Promiskuität, Genusskontrolle und Alkoholabstinenz (bis hin zu rassistischer Erbgutpflege im Sinn sozialistischer Volksgesundheit).[49] Das Fürsorge-, Erziehungs- und Reinigungsdispositiv des Roten Wien trat an, die Lohnabhängigen von Alkohol, Nikotin, Schminke, Mode, auch bürgerlichem Kino, also von fast jeglichem kulturindustriellem Konsum ab- und auf den Pfad von Bildung und Tugend zu bringen. Wenn wir uns den bis heute herrschenden Paternalismus im Roten Wien vergegenwärtigen, den Hang der sozialdemokratischen Stadtregierung zum grantelnden ›Stadtvater‹-Typus (und zu bevormundenden Helikoptermamafiguren, die mit ihrem Porträt für die Ordnungsgemäßheit des jeweiligen urbanen Raumes haften) – angesichts dieses Autoritarismus ist das Mottowort fürs Rote Wien wohl eher *kingdom* als Sodom. Und was die Alkoholverbote betrifft, damals im (Schaum-)Weinkeller oder heute am Praterstern, gilt weniger Sodom als ein massenphobisch getöntes *boredom*.

---

48 Was hier sicher auch hineinspielt, ist die ja nicht unbegründete Angst der vorwiegend jüdischen Parteiführung davor, wie leicht entfesselte plebejische Gewalt auch in antisemitische Pogrome umgelenkt werden kann.

49 Byer, Doris: Rassenhygiene und Wohlfahrtspflege. Zur Entstehung eines sozialdemokratischen Machtdispositivs bis 1934, Frankfurt am Main 1987.

SODOM VIENNA

Attraktionen

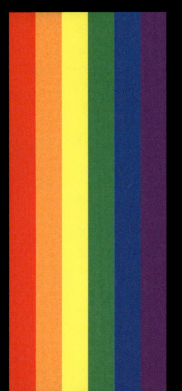

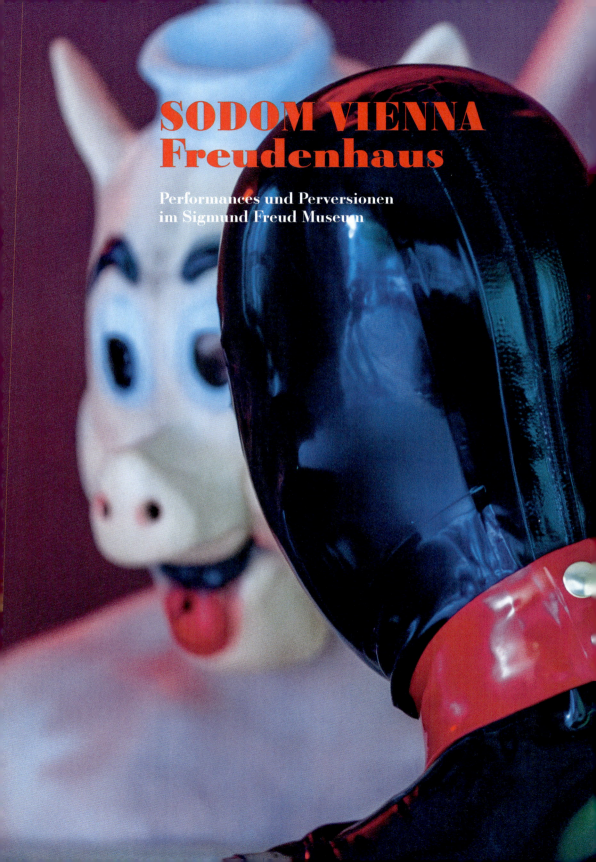

SODOM VIENNA
Freudenhaus

Performances und Perversionen
im Sigmund Freud Museum

Sex, Drugs und Therapie für alle!

SODOM VIENNA verqueert das Rote Wien. Auf den Spuren der perversen Stadt der Lüste begibt sich die sodomitische Kampfpartei und Performancegruppe in ihrem Wiener Wahlkampf auch ins Sigmund Freud Museum. In den heiligen psychoanalytischen Hallen wird »Sodom Vienna« ausgerufen.

Walk with us with an analytic gaze through the rooms of Sigmund Freud's former practice and apartment. SODOM VIENNA awaits you with bondage performances, SuperEgo songs, hysterics, Anna Freud's vanity, Wilhelm Reich's closet and Freud's Nose-Lectures and many more.

Wandeln Sie mit analytischem Blick durch die Räumlichkeiten von Sigmund Freuds ehemaliger Praxis und Wohnung. SODOM VIENNA erwartet Sie mit Bondage-Performance, Über-Ich-Gesängen, Happy Hysteriker*innen, Anna Freuds Psyche, Patientin Anna Ohhh, Wilhelm Reich in Freuds Closet, Freuds Nase, Natursektbar im Innenhof u.v.m.

Als Besucher*innen können Sie sich durch die Räumlichkeiten von Freuds Praxis und Wohnung bewegen und auf Sex, Drugs und Therapie treffen. Aber auch Keller und Hof des Museums werden mit den roten Spieler*innen und der SODOM-VIENNA-Kampagne besetzt sein. Als Ehrengast und Performer ist Hermes Phettberg zugegen und lagert im Hof des Freudenhauses.

In der Berggasse wohnte nicht nur Sigmund Freud (1856–1939), sondern auch Viktor Adler (1852–1918), der dort als Arzt für die Armen arbeitete. Sowohl Adler als auch wesentlich Anna Freud trugen im Nachkriegs-Wien der 1920er-Jahre zur allgemeinen Sexualaufklärung bei und forderten, wie auch viele andere Psychoanalytiker*innen und Sexualtherapeutinnen des Roten Wien, aufgeklärte Sexualkonzepte und Psychotherapiemöglichkeiten für alle.

100 Jahre Rotes Wien – Die wilden 20er können beginnen!

Über die Psychogenese eines Falles von weiblicher Homosexualität

Stefanie Sourial

Guten Abend, ich bin das Unbewusste und ich komme gerne von hinten.
Mein Name ist SSSSSSigmund, Dr. Sigmund Freud und ich berichte Ihnen heute über die Psycho-GAY-nese eines Falles von weiblicher Homosexualität.

Die weibliche Homosexualität, vom Strafgesetz übergangen, konnte auch bisher nicht in die Psychoanalyse GAY-langen.
Eine GAY-wisse Entstehungs-GAY-schichte, hatte vor kurzem große Aufmerksamkeit empfangen.

Ein 18-jähriges, schönes und kluges Mädchen namens SSSSSSSidonie Csillag hatte die Sorge seiner Eltern erweckt, durch ihr Begehren zu einem weiblichen Liebesobjekt.
(ohne Klavier) – (KLAMMER einer Baronin namens Leonie Puttkamer KLAMMER ZU).

Kein Verbot tut unserer Patientin not, jedes An-GAY-bot zu nützen, stundenlang auf die GAY-liebte an der Straßenbahnhaltestelle zu warten:
»Ich bin rein hier, um Sie zu sehen!«
»Ich fühle mich sehr GAY-schmeichelt.«

Eines Tages jedoch trifft der Vater auf die Tochter in Begleitung der Baronin Puttkamer, es trifft ihn wie ein Hammer. Er ist empört und sagt:
»Ich bin empört!!«
Sie ist verstört und sagt:
»Ich bin verstört!!«
Kurz darauf stürzt sich unsere Patientin über die Mauer, »AUA«, in den Stadtbahngraben bei der Kettenbrückengasse:

»Ich bin gekränkt, Teuerste, dass Sie sich von Ihrem Vater abhalten lassen, es ist wohl besser, wenn wir uns gar nicht mehr sehen!«

»Die GAY-liebte will mich nicht mehr haben, wozu das alles noch, ich stemme mich über die Balustrade und stürze mich in die Tiefe!«

(kurze Stille)

Die Patientin wurde zum Glück GAY-nesen.
Etwa ein halbes Jahr nach diesem undankbaren »Unfall« wendeten sich die Eltern an den Arzt ... MICH ... verständlich, UM ihre Tochter zur Normalität zurückzuführen ... HA!
Im All-GAY-meinen ist es aussichtslos, eine vollentwickelte homosexuelle

Person zur Normalität zurückzuführen. In PrinziPPP ist der Selbsterhaltungstrie BBB schwächer als der Sexualtrieb. JEDOCH, eine wichtige Fra-GAY tut sich auf:
Handelt es sich bei unserer Patientin um einen Fall von an-GAY-borenaire oder erworbenaire Homosexualität??
GOOD QUESTION!

Ihre GAY-nitalkeuscheit schien mir unversehrt GAY-blieben, auch deutet NICHTS auf frühe Onanie. Dies scheint mir GAY-nial!!
Ich konnte jedoch nicht ahnen, welche unbewussten Affekteinstellungen bei unserer Patientin hinzukamen:

Als Schülerin schon war sie verknallt in eine strenge Lehrerin, die Urgestalt vom Mutterersatz.

Weiters litt unsere Patientin an einem starken Männlichkeitskomplex, unwillig, dem älteren Bruder nachzustehen, konnte durch das Ansehen ihrer GAY-nitalien ein MÄCHTIGER PENISNEID ENTSTEHEN!!
SIE WAR EINE FRAUENRECHTLERIN, UND STRÄUBTE SICH SCHLAU GAY-GEN DAS LOS DER FRAU.
CIAO

Es liegt keine körperliche Abweichung des Weibes vor, auch gibt es keine menstruelle Störung, jedoch hat sie in ihrem Liebesobjekt den männlichen Typus entdeckt:

»1926 in Prag gingen wir auf Kostümpartys als Männer verkleidet, und dort hatte ich dann SEXXXXXXX mit zwei Schulfreundinnen.«

Mit dreizehn entwickelt sie eine liebevolle Zuneigung zu einem dreijährigen Jungen, daher der Wunsch, selbst Mutter zu sein, belebt sie sehr, der Knabe ist jedoch bald vergessen und stattdessen reifen Interessen für reife Frauen:
VERA,
MARIE-LOUISE,
MONIQUE,
GISELA.

ABAA!
die intensive Bindung zu der GAY-liebten hat noch eine weitere Windung:
DER EIGENE VATER!
Sie entdeckt also in ihrem Liebesobjekt nicht nur ihr Frauen-, sondern auch ihr Männerideal: KATASTROPHAL!
GAY-schwind will sie ein Kind vom eigenen Vater:

»Weißt du, was Dr. Freud heute zu mir gesagt hat? Dass ich ein Kind will, von meinem eigenen Vater!! Ist das nicht empörend? Was sagst du dazu, Leonie?«

»Ach gib's doch zu, Sidonie, du bist doch auch nur ein bisschen pervers.«

Und da geschah es: Nicht unsere Patientin bekam das Kind, sondern ihre größte Konkurrentin, die eigene MUT-TAAA!

BITTAA wendet sie sich ab, vom Vater, ja vom Manne überhaupt.
Und was geschahrrrrr, warrrrr das Extremste: Sie wandelt sich zum Manne um und BUMMMMM
Stellt sie die Mutter anstelle des Vaters zum Liebesobjekt. Korrekt!

Ihr Selbstmordversuch und die damit verbundene Homosexualiät war somit die Rache am eigenen Vater.

Am Ende sagte Dr. Freud zu mir:
Sie haben so schöne Augen, ich möchte Ihnen im Leben nicht als Feind be-GAY-gnen!

71

Camp und die Masse

Fragmentarische Notizen zu Potenzialen queerer Kollektivität

Georg Vogt

Massenornamente

Als Figuration sozialer Verhältnisse spielt die »Masse« in den 1920er- und 1930er-Jahren eine zentrale Rolle. Als ästhetisches Phänomen begreift Siegfried Kracauer sie in seinem Essay *Das Ornament der Masse*[50] als Ausdruck eines Kollektivs, dem das Bewusstsein seiner selbst verloren gegangen ist. Seine Beispiele sind die Tiller Girls und andere Formen der Revue, in der er die ästhetische Manifestation kapitalistischer Verwertungs- und Entfremdungszusammenhänge sieht. Die Körper tun, was sie tun, weil sie einem strengen Regime der kapitalistischen Verhältnisse unterworfen sind. Als Körper werden sie zu einer Gesamtheit neu zusammengefügt, die sie selbst nicht begreifen. Kurz: Entfremdung. »Die Tiller Girls lassen sich nachträglich nicht mehr zu Menschen zusammensetzen, die Massenfreiübungen niemals von den ganz erhaltenen Körpern vorgenommen, deren Krümmungen sich dem rationalen Verständnis verweigern«, so Kracauer. Die Komposition verfährt hier also arbeitsteilig, und baut fragmentarisch ein, was die Logik des Systems erfordert. Für Kracauer kann es an diesem Punkt der Geschichte auch nicht mehr darum gehen, sich dem Ornament zu entziehen, sondern es geht darum, seine Realität zu konfrontieren. Durch das Ornament hindurch geht der Weg! Und jedes Subjekt, das ihn geht, muss das in Verhältnissen tun, die es sich nicht ausgesucht hat.

Camping it up

Hindurch, das heißt auch darüber hinaus. Also ins »zu weit« oder ins »too much«. Es heißt, sich behaupten auf dem Feld des Ästhetischen, ohne sich in einer souveränen Position zu sehen. Durch ästhetischen Exzess. Das gerät rasch in Konflikt mit den gängigen Vorstellungen des akzeptablen Verhaltens und der Qualität. Und wurde historisch vielfach unter dem Begriff »Camp«[51] gefasst. Im 17. Jahrhundert

50 Kracauer, Siegfried: Das Ornament der Masse, in: Das Ornament der Masse – Essays, Frankfurt am Main 1977, S. 50–63.

51 Cleto, Fabio: Introduction: Queering The Camp, in: Fabio Cleto (Hg.) Camp Queer Aesthetics and the Performing Subject: A Reader, Edinburgh 1999, S. 1–42.

taucht das Wort für eine raumgreifende Geste bei Molière auf, 1909 findet es sich in einem Wörterbuch des viktorianischen Zeitalters, die Geste um ein Element des Verachtenswerten erweitert, »actions and gestures of an exaggerated emphasis. Probably from the French. Used chiefly by persons of exceptional want of character.«[52] Ungebührlich und laut, der »gute« Charakter und seine Sitten sind gesprengt.

Jack Smith[53] nennt das nicht so, kultiviert es aber mit Beginn der 1950er-Jahre exemplarisch als Kunst und Lebenspraxis. Sternberg, Monumentalfilm, María Montez. Das sind die Bausteine seiner Welt, die er sich im Kino angeeignet hat, und deren Elemente er zur Grundlage seiner eigenen Kunst und Lebenspraxis macht. Zusammen mit seinen Freund*innen des New Yorker »Undergrounds« – den Flaming Creatures – spielt er mit den Identitäten des großen Kinos. »Bricolage«, nennt das Dirck Linck[54]. Und die ersetzt die »hegemoniale Kategorie der Erfindung« durch die Kategorien Finden und Umbau. Für Smith ist María Montez das Modell, sie geht nicht in ihrer Rolle auf, sondern ist stets in Konflikt mit jeder Idee naturalistischer oder psychologisierender Darstellung. Sie spielt in dieser Hinsicht schlecht, aber sie spielt gut, weil sie sich als Souverän behauptet. »The Raging and flaming one!« Und das ist nicht leicht, wie ein Blick auf ihre Biografie zeigt. Ethnisches Othering, Ausbeutung im Studiosystem und ein früher Tod. *Cobra Women* wird übrigens von Robert Siodmak gedreht, der Ende 1929 mit *Menschen am Sonntag* zu einiger Bekanntheit kommt und wenige Jahre später vor den Nazis fliehen muss. *Cobra Women* wird von der Filmgeschichtsschreibung irritiert wahrgenommen. Eskapismus, kommerzielle Produktion und dergleichen mehr sagt die Kritik. Was und wen der Film zusammenbringt, scheint lange keine Aufmerksamkeit wert. Auch Smiths Zugang bleibt marginalisiert. Seine Performances kreisen immer um die Unmöglichkeit, real zu werden, wie es J. Hoberman auf den Punkt bringt. Nach der Aneignung und Instrumentalisierung von *Flaming Creatures* durch Jonas Mekas macht Smith nie wieder einen Film, nur noch Live-Montagen – und verweigert sich damit jeglicher Form der nachhaltigen Verwertung.

Bastelnde Massen und widerständige Bricolage

Camp geht dabei fragend voran, kennt keinen souveränen Standpunkt, von dem aus gesprochen werden könnte. Es geht ums Basteln, um die Bricolage, ums Sich-in-Beziehung-Setzen, wodurch die hegemonialen Formen sichtbar werden und in ihrer Verbindlichkeit entmachtet werden können. Das kann der Körper leisten, wenn er an den Scharnieren agiert, die das Ornament im Sinne Kracauers

---

52 Siegel, Marc: Beyond the rented world: An Introduction, in: Jack Smith. Beyond the rented World. Criticism. Volume 56, number 2, Spring 2014, Detroit 2014, S. 153–157.

53 Smith, Jack: The perfect filmic appositeness of Maria Montez, in: J. Hoberman und Edward Leffingwell (Hg.): Wait for me at the bottom of the Pool. The Writings of Jack Smith, New York 1997, erstmals in: Film Culture 27, 1962/63, New York, S. 24–36.

54 Linck, Dirck: Camp Genius, in: Creatures. Aufsätze zu Homosexualität und Literatur, Hamburg 2016, S. 220–234.

unsichtbar macht: die Abweichungen, Differenzen und Eigenheiten, die sich in eine Performance einschreiben lassen. Das kann das Trio sein, das die Grundformen des Ornaments nachspielt und mit individuellen Noten überfrachtet. Das kann aber auch die Masse selbst sein, wie sie in Michael Curtiz/Mihály Kertész *Sodom und Gomorrha* die Kulissenstadt durchströmen, eine Masse, die sich im besten Sinn dem kollektiven Basteln hingegeben, und auf Wiener Grund eine Monumentalfilmmaschinerie errichtet hat. Es handelt sich um eine Assemblage aus Traumbildern, deren surrealistischer Massenrausch ebenso jeglicher Psychologisierung trotzt wie das Moralstück, das die Handlung rahmt. Dessen banaler »Inhalt« sollte vielleicht nicht als Kern verstanden werden, wie das die *Arbeiter-Zeitung* damals tat –, sondern auch hier sind die Oberflächen als die eigentlichen Sinnebenen zu verstehen, also das Verhältnis der Körper zueinander und zu den Objekten. Vom expressionistischen Deckenluster bis zur Monumentalkulisse; alles ist brüchige Aneignung, inkonsistent. Das Kollektiv des Roten Wien ist im Fluss und geht nicht auf in einem eskapistischen Szenario, ebenso wenig wie die Figuren in den Sets von *Cobra Women*. Die zweite Natur, also das Bild der Natur, der Gemeinschaft sind kontingent. Camp macht daraus seinen Witz und die gemeinsame Vergnügung. Sodom ist nicht aus Stein, sondern aus Holz und aus Pappe und erdet damit den ideologischen Anspruch ans Monumentale in die tägliche Erfahrung des »Sich-im-Künstlichen-einfinden-Müssens«.

Toolbox

Wie Jack Smith Montez, so können wir uns auch Curtiz und seine Masse im Rückblick aneignen, in Form einer Tastbewegung, die sich durch die Formationen der Masseninszenierung bewegt. Nachspielen, nachbauen, basteln. Aber immer im Bewusstsein der eigenen Unsouveränität. Die deutsche Philosophin Juliane Rebentisch sieht in Camp-Ästhetik die Utopie einer Welt, in der Subjekte überhaupt nicht mehr über Objekte verfügen. In der also, nicht nur, aber unter anderem die Logik der Verfügungsgewalt über Körper und Dinge ausgesetzt oder gar abgeschafft ist.[55] Die Masse, die die selbst gebauten Kulissen am Laaer Berg durchströmt, trägt vielleicht genau die Fragebewegung mit sich, die es heute wieder braucht. Gemeinsam, aber nicht als Einheit, was kann das heißen? Was ist die Solidarität der Differenz in einer Öffentlichkeit, die sich zunehmend über Radikalisierung bestimmt? Wer soll Anita Berber spielen dürfen?

55 Rebentisch, Juliane: Über eine materialistische Seite von Camp, in: *Zeitschrift für Medienwissenschaft* 1/2013, Zürich 2013, S. 165–178.

SODOM VIENNA
Wurstelprater

Luxus, Spaß und Vergnügen für alle!

Political Correct Comedy Club meets SODOM VIENNA at Kaiserwiese.

In the Beginning of 20th century and the 20s, since people could travel in the Prater, you could find Venedig in Wien, Wild West and Gunheroes, and all sort of desires for white exotism gaze of the world ...

Der Wurstelprater erlebte im Roten Wien der 1920er-Jahre einen Aufschwung mit zahlreichen Kinopalästen, einem neuen Geisterschloss und der Liliputbahn. Die Zufahrtsstraße wurde 1920 in »Straße des 1. Mai« benannt, denn der Prater war ein klassenüberschreitender Vergnügungsort. Außerdem baute die Stadt das Praterstadion für Aufmärsche wie die Arbeiter*innenolympiade und das Stadionbad.

Das Vergnügungs- und Unterhaltungsviertel im 2. Bezirk war von jüdischen Pratervisionären (wie Gabor Steiner u. a.) geprägt, und auf der Praterstraße gab es noch viele jüdische Theater, Varietés und Cabarets.

PCCC* meets SODOM VIENNA vor dem Riesenrad auf der Kaiserwiese, dem ehemaligen Areal des Vergnügungsparks von Venedig in Wien.

Stand-up-Comedy trifft auf »Stand up for your Rights«, wenn Wiens queerste Kämpfer*innen sich die Bühne auf der Kaiserwiese schwesterlich teilen.

»Achtung, Attention, es folgt das abschließende gemeinsame lustvolle Massenritual – die Geburt Santa Sodoms, streng nach Anweisung der Arbeiter*innenolympiade im Prater des Roten Wien. Die Gruppe wird sich sportlich dehnen und gemeinsam elastisch und mit offenem Arbeitsrhythmus vor dem Riesenrad Sodom Vienna gebären ... Alle langsam aufstehen und den Arsch entspannen ...«

Der Prater im Roten Wien

Birgit Peter

I. Pratergeschichte. Ambivalenter Freiraum oder ambivalente Utopie

Der Prater ist Austragungsort des politischen Kampfs um Wien. Als Spiegel der Stadt finden sich im Mikrokosmos Prater seit seiner Öffnung 1766 all die gesellschaftlichen Widersprüche und Ambivalenzen Wiens: Körper, Gender, Politik, Race, Klasse.

Als der österreichische »Reformkaiser« Joseph II. 1766 das weitläufige kaiserliche Jagdareal bei der Donau der Wiener Bevölkerung als Erholungs- und Freizeitort zu Verfügung stellte, mag er, der »seine« Bürger*innen zu sittlichen Menschen erziehen wollte, nicht geahnt haben, welchen Raum er den unterschiedlichsten Begehrlichkeiten und Freuden eröffnete. Während der vom Kaiser hochgeschätzte Gelehrte Joseph von Sonnenfels mit seiner Zeitschrift *Die Schaubühne als moralische Anstalt* für die Bildung der Menschen durch höchste Theaterkunst appellierte, ihr Erscheinungsbild, ihre Manieren, ihre Sprache, ihre Eleganz zu verbessern suchte, fanden diese ihr Vergnügen in ganz anderen Unterhaltungen. Die Befriedigung der menschlichsten Bedürfnisse, Essen, Trinken, Vergnügen, Schaulust, Angstlust, Körper, Bewegung, formten den neuen Freiraum zu einem Ort des Andersseins, auch hin zu frühen Formen von queeren Freiräumen und Verbindungen (zur scheinbaren Queertopia), einem utopischen Ort unmittelbarer Sinnlichkeit. Körpersensationen stehen im Zentrum, ob die Befriedigung leiblichen Hungers oder der Träume von Fliegen und Geschwindigkeit, von Nähe und Erotik, von lustvollem Grauen und befreiendem Lachen. Queerness fand in Zwischenbereichen Ausdruck, nicht nur im gelebten Außenseitertum, sondern auch in geheimen und offenen Verbindungen zwischen Gender, Race und Klassen.

Auf dem ehemaligen aristokratischen Jagdgebiet finden sich frühere aristokratische Vergnügungen, wie das Karussell, das unter den »Bürgerlichen« in das Ringelspiel transformiert wird. Als »Karussell« wurden nach 1550 in

Italien Ritter- und Turnierspiele bezeichnet, die im 18. Jahrhundert auch in der Wiener Winterreitschule abgehalten wurden. Die Beschreibungen der alten Ringelspiele sprechen von schön geschnitzten Dekorationen, nicht nur Pferde, sondern auch Hasen und Hirsche wurden als Reittiere verwendet. Die elitäre Fortbewegung via Pferd wurde durch einen illusionistischen Kunstgriff dem unterprivilegierten Menschen für wenig Geld zugänglich. Das bekannteste Karussell – wie in Wien üblich zur Legende geworden – war das von Basilio Calafati 1854 errichtete »Zum großen Chineser«, dessen Besonderheit die rassistische Darstellung eines überlebensgroßen Chinesen als Karussellbaum war. Nicht allein höfische Vergnügen wurden parodiert, sondern auch der elitäre kolonialistische Zeitgeschmack. »Auch für diejenigen, welche die Übung des Leibes lieben, sind allerley Spiele angelegt«[56], heißt es in einer Beschreibung aus dem Jahr 1773. »Hutschen«, Schaukeln, Flugmaschinen und Schießstände gehören in diese Kategorie. Die Feuerwerke bedeuten ebenso eine »Säkularisierung« höfischer Unterhaltungen, deren erstes im Prater 1771 den Tempel des Kriegsgottes Mars illuminierte.[57] Der Wurstel, Musik und Kaffeehäuser zählen von Beginn an zu unabdinglichen Pratereinrichtungen. Von 1782 bis 1790 werden drei Kaffeehäuser errichtet, 1787 existieren schon über 60 Praterhütten,

1872 schnellt die Ziffer auf 187 hinauf. Das 19. Jahrhundert wird bis in den Vormärz durch das Auftreten von Harfenist*innen, später das der Volkssänger*innen bestimmt, »giftigsten Zoten, die mit artigen Melodien überzuckert, aus dem Mund der sogenannten Harfenisten ertönen und höchst charakteristischen Mienen und Gesten begleitet werden, um ihren Effect zu erhöhen«, so der Wortlaut einer zeitgenössischen Beschreibung.[58] Sie studierten auch kleine Possen ein bzw. improvisierten. In den Tanzlokalen wurde der sogenannte Fünfkreuzertanz populär, das billigste Vergnügen für die Unterprivilegierten, vor allem Arbeiter*innen. Die Technik- und Wissenschaftsverliebtheit des 19. Jahrhunderts spiegeln sich in Attraktionen wie dem »Hydro-Oxigen-Microscop« oder dem Wachsfigurenkabinett.[59] 1873, das Jahr der Weltausstellung, bedeutete eine Zäsur in der Pratergeschichte, alles musste verschönert und ordentlicher werden. Der Pachtzins der Hütten stieg rapid an. Zwar erfuhr der Prater dadurch einen Modernisierungsschub, doch sei »seine ausgeprägte wienerische Note« durch eine stärker internationalisierte abgeschwächt worden, der Prater wurde kapitalistisch und kolonialistisch. 1873 wird auch die Wiener Rotunde erbaut, ein monumentaler Kuppelbau, der nach der Weltausstellung für weitere Großausstellungen genutzt wurde, aber auch für den weltberühmten Seil-

56 Bartholomäi, Bey: Die Abenteuerlust im Prater 1773, zit. nach Hans Pemmer und Ninni Lackner: Der Prater einst und jetzt, Leipzig, Wien 1935, S. 24.

57 Von 30.000 Besuchern wird berichtet, Pemmer/Lackner, S. 50–72.

58 Glaßbrenner, Adolf: Bilder und Träume aus Wien 1835 zit. Nach Pemmer/Lackner, S. 33–34.

59 Pemmer/Lackner, S. 29.

tänzer Blondin und den Riesenzirkus Barnum und Bailey. 1878 findet in der Rotunde die erste Zurschaustellung von Menschen statt, als »Nubierkarawane« angekündigt, euphemistisch von Weißen als »Völkerschau« oder Kolonialausstellung bezeichnet, oder offen empathielos als »Menschenzoo«[60]. Bis 1930 werden im Prater jede Saison diese rassistischen Schauen stattfinden.[61] Die Schaulust wird bedient zur Selbstbestätigung von kolonialistischem, rassistischem, körper- und heteronormativem Dominanzgebaren. Ende des 19. Jahrhunderts wird das neue Wahrzeichen Wiens, das Riesenrad, errichtet, und 1895 eröffnete Gabor Steiner das legendäre Venedig in Wien. Eine Kulissenstadt des Architekten Oskar Marmorek, die es allen Praterbesucher*innen ermöglichte, in Wien eine imaginäre Reise nach Venedig zu machen. Und als besondere Attraktion wird auch in diesem Themenpark auf die gaffende, sich wohlig gruselnde Masse gesetzt. 1911 wird in Venedig eine sogenannte Liliputstadt eröffnet, in der Kleinwüchsige als Miniaturmenschen zur Schau gestellt werden.[62] Als Felix Salten 1911 gemeinsam mit dem Fotografen Emil Mayer das Buch Der Wurstelprater veröffentlichte, hielt er das magisch anmutende utopische Potenzial des Praters in seiner ganzen grausamen Ambivalenz fest. Kinder aller Schichten lachen im Kasperltheater, vor den Schaubuden flanieren vergnügte Menschen, sammeln sich Massen. »Der Kasperl aber schlägt den Juden tot«[63], so knapp beschreibt Salten diese grausame Ambivalenz, die Verachtung und Ausbeutung von Menschen, deren Körper Normen widerliefen in den Schaubuden, die ausgestellten Menschen in den Zoos, die Omnipräsenz von Antisemitismus, Rassismus und Ächtung von als anders Gezeichneten. Doch finden sich auch Lebensgeschichten, wie die von Nikolai Kobelkoff und Hermann Glauer, die sich als Outlaws – Kobelkoff ein sogenannter »Rumpfmensch«, Glauer durch Kleinwuchs gezeichnet – zu Unternehmern emanzipierten. Kobelkoff, der als Artist seit 1870 international auftrat und das Publikum mit seiner Geschicklichkeit faszinierte – er malte hervorragend mit dem Mund, schrieb, zeichnete, fischte und war Kunstschütze –, war ab 1901 Prater-Schausteller. Das Velodrom und den heute noch existierenden Rutschturm Toboggan errichtete Kobelkoff, er übernahm den »großen Chineser«, baute ein Kinderringelspiel und betrieb ein Flug-Fahrgeschäft. Hermann Glauer, der 1911 in der Liliputstadt auftrat, gründete die Glauersche Liliputtruppe mit 30 Mitgliedern und tourte international. Kobelkoff und Glauer schafften es, sich aus der Welt der Impresarios zu befreien, die Menschen als Schauobjekte erniedrigten, sie zeigten selbstbewusst ihr Recht auf Leben und Menschenwürde. Auch hier findet die queere Ambivalenz zwischen Sichtbarkeit, Schauobjekt und Selbstermächtigung Ausdruck.

60 Schwarz, Werner-Michael: Anthropologische Spektakel. Zur Schaustellung »exotischer« Menschen, Wien 1870–1910, Wien 2001.

61 Rieger, Erwin: Singalesen. Glossen zu einer Völkerschau, in: Neues Wiener Tagblatt, 8.7.1930, S. 2.

62 Steiner, Gabor: Lebenserinnerungen, Artikelserie in der Illustrierten Wochenpost, Jänner 1931.

63 Salten, Felix: Wurstelprater, Wien 1911.

Seit 1890 wird der Prater am 1. Mai, dem internationalen Kampftag des Proletariats, zum Ziel der Maidemonstration der Sozialdemokratie, die bis heute mit der Maifeier im Prater ihren Höhepunkt findet. Diese Manifestation, die den Prater als sozialdemokratischen Repräsentationsort eroberte, war nicht zufällig gewählt: 1848 fand hier die »Praterschlacht« statt, ein grausames Ereignis, das sich in die Geschichte der Arbeiter*innenbewegung einschrieb. Arbeiter*innen protestierten mit einem »Spottleichenzug« gegen die vom Minister verordneten Lohnkürzungen, am Praterstern wurden sie von Nationalgardisten umzingelt, die 22 Arbeiter*innen erschossen.[64]

64 Geber, Eva: Exquisite Damen und proletarische Amazonen, in: Eva Geber (Hg.): »Der Typus der kämpfenden Frau«. Frauen schreiben über Frauen in der Arbeiter-Zeitung von 1900–1933, S. 94–101, S. 97.

II. Kampf um den Prater im Roten Wien

Der Prater im Roten Wien war auch nach dem Ende der Habsburgermonarchie weiterhin Identifikationsort des vermeintlich echten Wienerischen, eine Imago, die vorgab, alle friedlich zu vereinen. Die Gegensätze aber blieben bestehen, klassistische, rassistische, antisemitische, homophobe Vorurteile finden sich in der Vergnügung, aber ebenso emanzipatorische Entwürfe, Ausbrüche und Aufbrüche. Die Ambivalenz bleibt bestehen.

Im ersten Jahr des Roten Wien zeigt sich der Prater von einer düsteren Seite. 1919 ist das weitläufige Gelände des ehemaligen kaiserlichen Jagdareals devastiert von den Soldatengruppen aus dem Ersten Weltkrieg. Die Wälder von den Menschen in Wien großflächig abgeholzt, um heizen zu können, die Wiesen in Ziegenweiden und Gemüsebeete verwandelt, um der Hungersnot in Wien zu begegnen. Die 1.-Mai-Feier der nun in Wien regierenden Sozialdemokratie wird wieder im Prater gefeiert. Nach dem Marschieren aus den jeweiligen Bezirken in den Prater sollen dort am Nachmittag »Kunst und Freude« gewidmet werden. In Kadrmanns Etablissement »Zum goldenen Kreuz« redet der Abgeordnete Pick feurig über den Kampf des Proletariats, im Straßenbahner-Sportklub bei der Vorgartenstraße finden Fußballspiele statt, die beiden großen Praterbühnen, Metropoltheater und Lustspieltheater, spielen gratis für die Genoss*innen. Es zeigt sich hier die Ambivalenz des emanzipatorischen Potenzials der Sozialdemokratie: Körperdisziplin, Hygiene, Sexualaufklärung statt Lustprinzip. Vergnügen, Verwegenheit und Individualität werden der politischen Disziplin untergeordnet. Alles dient dem Ziel des austromarxistischen Telos, dem Neuen Menschen.

Ein Spaziergang durch den Prater 1919, im ersten Jahr des Roten Wien, zeigt die Diversität an Unterhaltungen und Sensationen, das schillernde Kaleidoskop dieses historischen Ortes des Andersseins: Das Areal von Venedig in Wien, der Kaisergarten, heißt nun Wiener Vergnügungspark[65], der in den Wurstelprater, Volksprater genannt, übergeht. Es handelt sich um einen geschlossenen Vergnügungsort, der durch verschiedenste Einrichtungen »bespielt« wird und für den Eintritt bezahlt werden muss. Die Lizenz der Betreiber Emmerich Waldmann und Hugo Fürst erlaubt die Veranstaltung von Ausstellungen in der Rotunde, den Betrieb eines Hippodromzirkus sowie eines Zauber- und Illusionstheaters. Es gibt das Kasino für Tanz, Schaunummern, Musik etc., ein Tanzlokal, das Terrassencaféhaus mit einer Salonkapelle und das als Restaurant mit Musik geführte Maria Theresien Schlössl. In den gastronomischen Bereich fallen außerdem ein Kaffeehauswirtsgarten mit Salonkapelle und vier »Natursänger«, ein holländischer Teesalon mit Musik, eine Heurigenschank mit Salonorchester und »Natursängern«, eine Konditorei und eine amerikanische Bar mit einem Klavierspieler. Pavillons für alkoholfreie Erfrischungen, Stände für Obst, Kanditen, Spielwaren, Tabak und Blumen, ein Musik-, ein Automatenpavillon und ein Photographisches Atelier mit angeschlossenem Ansichtskartenverkauf. Und an »Volksbelustigungen« (so werden diese vom Wiener Magistrat bezeichnet) werden amerikanische Shows, Flaschen- und Ringwerfen, Wahrsager, Silhouettenschneider aufgezählt. Als besondere Attraktion sind »öffentliche Turnseilproduktionen« angekündigt, die Luftturner »Brothers Adones«[66] und ein »Doppel-Walküren-Zahnflug« von Mizzi Kindl und Partner am Riesenrad. Das Riesenrad ist die Grenze zwischen dem teuren Vergnügungspark und dem billigen Wurstelprater, trennt die zwei Welten, die der Privilegierten und Unterprivilegierten. Im Volksprater-Areal wirbt Adam Weininger's Wwe. Café-Restaurant »Zum Eisvogel« mit dem ersten Wiener Damen-Elite Orchester E. Hornischer, das Varieté Leicht mit Stars wie Ralph Benatzky, Josma Selim, Fritz Grünbaum und dem noch völlig unbekannten Erik Jan Hanussen.[67] Das Lustspieltheater, das Metropoltheater, die Parisiana, der Zirkus Busch, die Kinos Mündstedt, Kern, Klein's Krystall-Palast und Tegethoff bieten Programm. Aber auch dieses viel billigere Angebot kann sich kaum jemand in Wien leisten, Hungersnot, Wohnungsnot und Verelendung prägen den Alltag.

Im Roten Wien war das weitläufige Gelände im Herzen der Stadt mit seiner imposanten Vergnügungsarchitektur ein Ort zwischen den Zeiten und Welten des untergegangenen Imperiums. Der Luxus der Residenzstadt Wien, der sich in den Praterprachtbauten wie der Rotunde, dem Riesenrad, dem eleganten Zirkus-Busch-Gebäude, dem riesigen Metropoltheater mit 1.000 Sitzplätzen, der eleganten Parisiana und dem alten Lustspieltheater spiegelte, zerfiel. Alle, die Kinos und Schaubuden, die Fahr-

65 Wiener Stadt- und Landesarchiv, WSTLA/M.Abt.104, A 8/32, PDW an Waldmann und Fürst Lizenzerteilung 23.4.1919.

66 Wiener Stadt- und Landesarchiv, WSTLA/M.Abt.104, A 8/32, Augenscheinaufnahme Betriebsbedingungen für Luftturner, 30.5.1919.

67 Illustriertes Wiener Extrablatt, 13.4.1919, S. 16.

geschäfte, Greissler*innen, Würstelstände, Gasthäuser und Kaffeehäuser, warteten auf zahlendes Publikum.

Nur wenigen war es möglich, das Angebot zu genießen, die Preise stiegen rasant, die Verelendung des Praters schritt voran, der Großteil der Praterhüttenbesitzer*innen kämpfte wie die Angestellten, die Schausteller*innen und Besucher*innen ums Überleben. Streiks in den Vergnügungsbetrieben gehören zum Alltag, Einzelne aus dem Publikum springen auch mal für fehlendes Personal ein. Die Vergnügungssteuer, Lustbarkeitsabgabe, vom Finanzstadtrat Hugo Breitner eingeführt, eigentlich als Waffe gegen die Reichen gedacht, wirkt sich auf das gesamte Wiener Unterhaltungsleben katastrophal aus.

Das Rote Wien eignet sich den Prater als ihren Ort über den Sport an, stellt die starken, disziplinierten Körper der Arbeitersportler*innen zur Schau, bereit, gegen den Faschismus und für die Revolution zu kämpfen. 1929 beginnt der Bau des Stadions im Prater, der 1931 beendet wird. Von 19. bis 26. Juli 1931 findet dann in Wien ein imposantes Ereignis, die 2. Internationale Arbeiterolympiade statt. Unter dem Motto »Wir sind jung und das ist schön« werden 171 olympische Bewerbe mit 2.020 Wettkämpfer*innen, dazu 67 Rahmenbewerbe mit 1.533 Athlet*innen durchgeführt. Rund 200.000 Besucher*innen nehmen an den Veranstaltungen im Stadion teil. Im größten Kino Wiens, dem früheren Revuetheater Apollo in der Gumpendorfer Straße, findet die feierliche Eröffnungsmatinee statt. Am Trabrennplatz in der Krieau werden nachmittags Massenturnübungen in einheitlichem proletarischen Sportdress abgehalten, während im Praterstadion diverse Wettkämpfe mit Arbeiter*innenchören abwechseln. Im Varieté Leicht wiederum veranstaltet der Deutsche Arbeiterathletenbund einen »Artistenwettstreit«, das Politische Kabarett bietet Festveranstaltungen. Höhepunkt wird das Festspiel im Stadion von Robert Ehrenzweig, Gründer des Politischen Kabaretts. In 57 Bildern stellen 4.000 »Sportgenossinnen und Sportgenossen« in knapp einer Stunde »Die Entwicklungsgeschichte der Arbeit und der Arbeiterklasse seit dem Ende des Mittelalters« dar. Dabei wird die Antizipation des Sieges der Arbeiter*innenklasse über den Kapitalismus und die daraus folgende Realisierung einer sozialistischen Gesellschaft dargestellt.

»Die junge Kraft des internationalen Arbeitersports hat sich als vierte Großmacht der modernen Arbeiterbewegung neben die politische, gewerkschaftliche und genossenschaftliche Arbeiterbewegung vorgeschoben. (...) Nicht zuletzt wurde durch das Massenfestspiel während der Olympischen Spiele die geistige Richtung der Arbeitersportbewegung klar aufgezeigt. Durch eigene Kraft zur Gestaltung einer neuen Ordnung in der Welt beizutragen.«[68] Die Radikalisie-

68 Festführer 2. Arbeiter-Olympiade der sozialistischen Arbeiter-Sportinternationale, Wien 1931.

69 Arbeiter-Zeitung, 22.4.1934, S. 1–2.

rung der politischen Verhältnisse zeigt sich im Prater, der als Trainingsort der Wehrsportler*innen der Sozialistischen Arbeiter-Jugend genutzt wird und die Kampfbereitschaft und Stärke der Sozialdemokratie allen sichtbar vor Augen führt. Die Februarkämpfe 1934 zerschlagen die Utopien des Roten Wien von einer freieren demokratischen Gesellschaft, Gerechtigkeit, einem würdigen Leben und Lebensfreude für alle. Die austrofaschistische Regierung ordnet für den 1. Mai einen Blumenkorso im Prater an, ein Rückgriff auf die bis 1890 praktizierte Schaustellung der Eliten in Prachtkutschen, die die Hauptallee hinaufführen und sich von den Untertanen huldigen lassen. In der nun verbotenen *Arbeiter-Zeitung*, die im Exil in Prag erscheint, wird von neuerlichen Massenverhaftungen als Vorbereitung der Austrofaschisten zum 1. Mai 1934 berichtet, doch ungebrochen wird an den Kampfwillen der Sozialdemokrat*innen appelliert: »Der Maiwille der Arbeiterklasse hat die Kerker der Habsburgermonarchie gesprengt. Er wird hundertmal sicherer die Kerker der faschistischen Diktatur sprengen.«[69]

Die Sozialdemokratie, ebenso alle anderen linken Parteien und Aktivitäten werden verfolgt und kriminalisiert, Freiräume und Zwischenwelten reglementiert, zensuriert, kontrolliert, Queerness wird wieder Stigma eines gefährlichen Andersseins, der Verfolgung durch die staatliche Ordnungsmacht und Ächtung preisgegeben.

Begebt Euch mit uns auf eine spannende Zirkusreise in noch nie gesehene artistische Welten.

Hier sehet unsere wunderbaren Körperartist*innen, wie sie in SODOM VIENNA lieben und leben ...

CIRCUS SODOMELLI. In der lustvollen Zeltstadt am Nordwestbahnhofgelände erwarten euch genderfluide Artist*innen, feministische Athlet*innen, antiautoritäre Dompteur*innen, rebellische Dressurnummern, BDSM-Horrorclowns, antifaschistische Jongleur*innen u.v.a. sensationelle perverse Attraktionen!

Circus Sodomelli zeigt Show-Elemente von provokanter Bodypositivity, queerer Körperakrobatik, Zauberei und Musikperformances, aber auch den utopisch lustvollen Potenzialen des Wien der 1920er-Jahre zwischen Tabubrüchen einer »Goldenen Ära« und gesellschaftspolitischen Zuspitzungen.

The Queens and the Queers, the Drags and Non-Binary, the Trans and Genderfluid and also all the Cis around!

Tonight, we will celebrate with you in the Circus Sodomelli – 100 years of red SODOM VIENNA! – A perverted Circus show to celebrate the Beginning of the new wild, very red 20s, a queer-feminist and genderfluid and anti-racist city of Vienna!

You have to know Vienna was one of the biggest Circus Cities in the world, especially here in the 2nd district, the Prater used to be famous for the biggest amusement Halls, Circuses for thousands of people and sensational Events.

But also here at Nordwestbahnhofgelände was one of the biggest Skiing and Ski Jumping halls in the 20s. And later also the Nazis used this place in 1938 for their exhibition: Ewiger Jude ... and then everything went down ...

But today and tonight at Nordwestbahnhofgelände we will celebrate with you the new wild 20s in SODOM VIENNA, »Heimat ist der Tod, mein Arsch ist offen rot!, Circus Sodomelli is for everyone!

Zirkus queer

Birgit Peter

I. Zur Geschichte von Zirkus. Subversion, Irritation, Selbstermächtigung kreieren eine Queertopia

Zirkus stellt die Welt auf den Kopf, nichts ist so schön, so laut, so strahlend, so bunt, so melancholisch wie Zirkus. Er ist Emanzipationsort; Projektionsort kollektiver Fantasien, zeigt sich als Mikrokosmos von Macht und Ohnmacht, kreiert eine Parallelwelt zu normativen Gesellschaftskonstrukten, irritiert Wahrnehmungskonventionen von Körper, Geschlecht, Sexualität. Zirkus ist die subversive und gewitzte Erfindung von Menschen, die nicht in gesellschaftliche Ordnungssysteme passten bzw. diese widerliefen. Die Geschichte des Zirkus im 19. Jahrhundert birgt unzählige queere Geschichten, die in einer Welt des kanonisierten Wissens kaum bekannt sind. Es ist die Geschichte von Außenseiter*innen, Rebell*innen, Ungehorsamen, die sich nicht in Korsette des Anstands, der Sitte, der Moral pressen ließen. Es ist die Geschichte von Menschen in gesellschaftlichen Zwischenzonen, in den Niemandsländern der an den Rand Gedrängten, der Verachteten, die sich selbstermächtigten und subversiv Ordnungssysteme von Körper, Geschlecht, Politik und Kultur unterliefen, die Freiräume schufen für vielfältiges, vielfaches Anderssein – ein geheimes Queertopia, das in den 1920er-Jahren nochmals lebendig wird.

Zu Beginn steht die Geschichte des vom Militär entlassenen, jetzt arbeitslosen Offiziers Philip Astley, der in den 1770er-Jahren in London eine Reitschule eröffnete, um dem gelangweilten Adel Reitunterricht zu geben. Astley machte aus der für den Krieg gelernten Fertigkeit des Reitens eine künstlerische, er engagierte Clowns, Akrobat*innen, Jongleur*innen als Zwischennummern zu den Reitvorführungen, die er als Werbung für seine Reitschule veranstaltete. Diese Unterhaltung war allen Schichten zugänglich. Der Erfolg war enorm, das Konzept nannte Astley Amphitheater und exportierte es als »Franchise« nach Paris. Dort übernahm es ein anderer gesellschaftlicher Außenseiter, der Vogeldresseur und Kunstreiter Franconi mit seiner Familie. Er errichtete Astleys Amphietheater in

Paris, als erfolgreiche und bedrohliche Konkurrenz für die Theater. Napoleon erbitterten die sensationellen Vorführungen von Menschen und Tieren, er erließ ein Verbot, dass sich solche Produktionen nicht Theater nennen durften. Doch Franconi, der so vor einem Spielverbot stand, was den finanziellen Ruin bedeutet hätte, war gewieft: Er, orientiert nach der Klassikmode des Empire, nannte die Produktionen Cirque und veranstaltete eine Huldigung für Napoleon: Mit seiner Kunstreiter*innentruppe stellte er erfolgreiche Schlachten nach und schuf eine Prunkloge für den Herrscher. Cirque wurde für die nächsten 130 Jahre das populärkulturelle globale Schauereignis, mit vielen Vorformen von Queerness, die gierig konsumiert wurden.

Über alle Grenzen hinweg erhielten nun artistische Produktionen, ob Kunstreiten, Seiltanz, Akrobatik, Clownerie, Feuerkunst, Tierdressur, unter dem Namen Zirkus unglaubliche Aufmerksamkeit eines Publikums, das sich aus allen gesellschaftlichen Schichten zusammensetzte. In Wien eröffnete der Kunstreiter Christoph de Bach im Prater 1807 den Circus gymmnasticus[70], er galt als einer der bedeutendsten Zirkusse Europas. Der Prachtbau wurde vom prominenten Wiener Architekten Joseph Kornhäusel geplant, de Bach durfte sich als k. k. Kunstreiter bezeichnen. So sollten hier 1812 der Aristokratie vorbehaltenen Jagdtiere dressiert vorgeführt worden sein. »De Bachs Hirsche galoppierten wie Freiheitspferde durch die Manege, außerdem apportierten sie noch bunte Tücher. Zu besonderen Anlässen fuhr der Zirkusdirektor mit seinen Hirschen vierspännig durch die Straßen.«[71]

Im Zirkus wird die Norm auf den Kopf gestellt, normierte Körper- und Geschlechterbilder erfahren heftige Irritation, akklamiert von einem Publikum, das zumeist ganz den Normen verhaftet bleibt. Prekär bleiben die Existenzen von Zirkusleuten, sie werden bewundert und doch eigentlich verabscheut, bleiben immer am Rand wohlgeordneter Systeme. Das alte Vorurteil gegen Fahrende, Unangepasste, Outsider verbirgt sich hinter der verzückten Akklamation.

Die ersten Stars der Manege waren die waghalsigen Kunstreiter*innen. Der Beruf der Kunstreiterin irritierte geschlechtliche Zuschreibungen, kreierte immense erotische Fantasien. Beim Kunstreiten handelt es sich um das älteste artistische Fach, in dem Frauen eigens genannt werden. Die reitende Frau als Künstlerin scheint als Gegenstück zur sich als Künstlerin etablierenden Schauspielerin auf. Wenn in diesem Prozess Schauspielerinnen gegen männliche Dominanzdiskurse agieren, so finden sich Vorurteile gegen Schauspielerinnen bei den Kunstreiterinnen wieder, um Erstere als Künstlerinnen

---

70 Der Circus gymnasticus bestand bis 1852, das Gebäude wurde dann abgetragen. Siehe: Pemmer, Hans und Lackner, Ninni: Der Prater. Von den Anfängen bis zur Gegenwart. Neu bearbeitet von Günther Düriegl und Ludwig Sackmauer. Wien, München 1974, S. 86.

71 Zapff, Gerhard: Vom Flohzirkus zum Delphinarium. Seltene Dressuren der Zirkusgeschichte, Berlin 1977, S. 74.

anzuerkennen. Die als »Amazonen« bezeichneten Artistinnen störten vehement Geschlechterrollen, ihre Produktionen waren wesentlich für die Erfindung und Anziehungskraft von Zirkus.[72] Sie kombinierten männlich-militärisch konnotierte Reitkunst mit weiblich konnotierter Ästhetik von Anmut und Grazie, wie sie vor allem durch den Tanz tradiert wurde. Frauen führten beispielsweise wildes Parforcereiten – womit Kunstreiter wie Alexander Guerra reüssierten – vor, ebenso wie Ballett zu Pferde. Filippina Tourniaire wird vom Zirkuschronisten Signor Saltarino als »wohl schönste und gefeiertste Kunstreiterin aller Zeiten« erinnert, als »bestrickend hübsche Amazone«[73]. In den 1830er-Jahren agierten Pauline Cuzent und Caroline Loyo in neuen Domänen, der Haute École; Loyo kreierte dazu la Taglioni équestre.[74] Die von den Ballettikonen ihrer Zeit, Fanny Elssler und Marie Taglioni geschaffenen Tänze produzierte um 1840 dann auch Virginie Kénébel[75] am sogenannten Panneau (das ist ein spezieller Sattel) des Pferdes.

Als ab den 1850er-Jahren die junge Kunstreiterin Miss Ella in den Zirkussen der Metropolen auftrat, bahnte sich eine vielschichtige Skandalisierung an. Miss Ella Zoraya enthusiasmierte das internationale Großstadtpublikum. Der Zirkusschriftsteller Signor Domino schrieb 1880 die Geschichte Miss Ellas[76], erzählte

72 Signor Saltarino: Das Artistentum und seine Geschichte. Gesammeltes und Erlebtes, Leipzig 1910, S. 61–75, S. 64.

73 Eintrag »Philippine Tourniaire«, in: Signor Saltarino: Artisten-Lexikon. Biographische Notizen über Kunstreiter, Dompteure, Gymnastiker, Clowns, Akrobaten, Spezialitäten etc. aller Länder und Zeiten. 2. vermehrte und verbesserte Auflage, Düsseldorf 1895, S. 204.

74 Pierron, Agnès: Dictionnaire de la langue du cirque. Des mots dans la sciure, Paris 2003, S. 238.

75 Saltarino: Das Artistentum und seine Geschichte, S. 63.

76 Signor Domino: Der Cirkus und die Cirkuswelt, Berlin 1888, S. 116–142.

von ihrem Debüt in Durango/Mexiko. Dieses erregte solches Aufsehen, dass Miss Ella an den Hof von Queen Victoria geladen wurde, um auch dort exklusiv ihre Kunstreiterpiecen vorzuführen. Nach einer sensationellen Tournee durch England kam Miss Ella 1853/54 nach Berlin. Sie reiste unter dem amerikanischen Impresario Spencer Stokis und führte bereits ihre eigene transportable Manege mit sich. Italien und Russland wurden ebenfalls bereist, König Victor Emanuel, den Domino als größten Frauenverführer beschreibt, scheiterte an der Unnahbarkeit von Miss Ella, ein russischer Graf soll Stokis das Angebot gemacht haben, die Kunstreiterin zu kaufen. Die Begehrlichkeiten des männlichen Publikums kreierten ein erotisches weibliches Vorbild. Miss Ella wurde »Mode«, schreibt Domino: »Ella-Locken«, »Ella-Taillen«, »Ella-Kämme«, »Ella-Taschen«, »Ella-Fächer« und »Ella-Bijourieschmuck«[77] lagen in den Schaufenstern der Geschäfte. Die Produktionen der Kunstreiterin, die solche Begeisterung auslösten, beschreibt Domino mit den Worten »seltsam«, »geheimnisvoll« und »neu«[78], ihre »Charakteristik« formulierte er folgendermaßen:

»Eine Cirkuskünstlerin: zunächst, in der höchsten Glanzzeit ihres Wirkens, noch ein Kind, eine geheimnisvolle Mignon des Cirkus; dann eine kaum halbwüchsige junge Sechzehnjährige, dann bereits von der deutschen Bühne verschwindend. Aber sie war

77 Ebd.

78 Ebd., S. 119.

zugleich auch die außerordentlichste Erscheinung, welche die Cirkuswelt in diesem Jahrhundert hervorgebracht.«[79]

Spekulationen über die Herkunft der Kunstreiterin, die wie aus dem Nichts erschienen sein soll, begleiteten ihre Auftritte. Domino überliefert vier Versionen; einmal sei sie ein »Zigeunerkind«, das bei einem Schiffbruch an der mexikanischen Küste als Einzige überlebt hatte und von einem anonymen Retter an den Impresario Stokis verkauft worden sei. Oder aber soll sie als »Aztekenkind« eine der letzten Vertreterinnen der Azteken sein, weiters wird sie als »Indianerkind« der Apachen ausgegeben und in der vierten Version gilt sie als unerwünschtes Kind eines »türkischen Großen«, der sie in die Sklaverei verkaufte.[80] Offensichtlich bedienten die Kunstreiterproduktionen von Miss Ella exotische Fantasien ihres Publikums. »Könige und Arbeiter huldigten ihr«, sie überflügelte die bekanntesten Kunstreiterinnen und Kunstreiter.[81]

Doch Miss Ella war eine Erfindung des Impresarios, das junge Mädchen mit rätselhafter Herkunft war ein kreolischer Junge namens Sam Omar Kingsley[82].

Domino schreibt über die Biografie von Kingsley, er sei in St. Louis als Kind einer armen Witwe geboren und als Sechsjähriger zu Stokis gegeben worden. Dieser habe ihn als Mädchen erzogen und als Reiterin ausgebildet. Stokis kreierte offenbar mit großem Aufwand einen neuen Typus, und es scheint kein Zufall, dass er sich Armut und Hautfarbe des Kindes zunutze machte. Die eingangs angeführten Zuschreibungen bedienen allesamt rassistische Phantasmen der weißen Mehrheitsgesellschaft. Nach Enttarnung von Miss Ella als Mann ging eine Welle der Empörung durch die Medienlandschaft des 19. Jahrhunderts, von boshafter Täuschung war die Rede, Schadenersatz und Geschenkrückgaben wurden gefordert. Magnus Hirschfeld nahm 1910 die Miss-Ella-Geschichte in sein Opus Magnus *Die Transvestiten. Eine Untersuchung über den erotischen Verkleidungstrieb, mit umfangreichem casuistischem und historischem Material* auf. Und er berichtet von anderen Kunstreitern, wie dem Artisten und Schriftsteller Emil Maria Vacano, der als Miss Corinna und Signora Sangumeta auftrat.[83] Hirschfeld beschreibt die Welt von Zirkus und Varieté, die Welt der »Spezialitätentheater« als Orte, an denen Geschlechterordnungen durcheinandergewirbelt werden und in diesem Rahmen der Schaulust Akzeptanz erfahren, er beschreibt aber auch die Fragilität dieses Freiraums. Ist das Interesse des Publikums erloschen, sind die Menschen wieder der Ächtung preisgegeben.

Eine mächtige Irritation im Bereich der heteronormativen Prinzipien zeigten die Produktionen von Kraftathletinnen und Dompteusen. 1903 trat die Kraftathletin Arniotis im Kolosseum in der Nußdorfer Straße auf, sie stemmte

79 Ebd., S. 117.

80 Siehe: Ebd., S. 118–119.

81 Saltarino: Das Artistentum und seine Geschichte, S. 61.

82 Siehe: Senelick, Laurence: The Changing Room. Sex, Drag and Theatre, London 2000, S. 296–297. – Tait, Peta: Circus Bodies. Cultural Identities in Aerial Performances, London 2005, S. 68. – Domino: Der Cirkus und die Cirkuswelt, S. 139.

83 Hirschfeld, Magnus: Die Transvestiten. Eine Untersuchung über den erotischen Verkleidungstrieb, mit umfangreichem casuistischem und historischem Material, Berlin 1910, S. 451–452.

fünf Männer, »was für beträchtliches Aufsehen sorgte«, so ein Rezensent verblüfft[84]. Miss Athleta, Miss Bulcana und Charmion waren ebenfalls Star-Kraftfrauen. In ihrem Erscheinen changierten sie zwischen den Geschlechtern, sie spielten mit an antike Heldenstatuen erinnernden männlichen Posen, zeigten ihr Muskelspiel gleich jenem der populären Kraftathleten ihrer Zeit. Im Gegensatz zur virilen Imago der starken Männer, die in Lendenschurz oder mit Fellen wilder Tiere posierten, benutzte beispielsweise Charmion erotische weibliche Attribute. Ein rüschenbesetztes Höschen, ein Tüllschleier korrespondierten mit intimen Kleidungsstücken von Halbwelt, Prostitution und Pornografie. Mit einer bürgerlichen, wohlgeordneten und drapierten Hochsteckfrisur konterkarierte sie diese Mischung aus männlich-weiblicher Erotik, sie rahmte diese in gewisser Weise zu einem eigenständigen Geschlecht.

Heftig attackierten Dompteusen das vorherrschende Bild des unterwürfigen, schwachen Geschlechts. Miss Senide, die »Dame im Löwenkäfig«, führte im Zirkus Busch im Prater 1895 ihre Gruppe von Löwen, Panthern und Königstigern vor, »was bisher für ganz unmöglich gehalten wurde«[85], wie ein Pressekommentar verblüfft bemerkte, ihre Dressur beruhte einzig auf ihrer Stimme und der »Macht ihres Willens«. Claire Heliot erfand die zahme Dressur und posierte auf ihren Löwen, die sich als Teppich unter sie breiteten. Tilly Bébé, das »Raubtiermädel«, trug ihren Tiger am Rücken im Schulmädchenkleid.

Dieses »Welt-auf-den-Kopf-Stellen« in den Zirkussen, Varietés, Kolosseum oder Orpheum zog ein Massenpublikum an und ebenso skrupellose Geschäftemacher, die sich als Impresarios oder Direktoren bezeichneten. Artist*innen hatten keinerlei arbeitsrechtliche Regelungen und mussten meist in ausbeuterischen Verhältnissen agieren. Parallel zur Arbeiter*innenbewegung begannen sie sich um 1900 gewerkschaftlich zu organisieren. Eine Internationale der Artist*innen wurde gegründet, die sich als IAO (Internationale Artisten Organisation) und IAL (Internationale Artisten Loge) für die Anerkennung des Berufs, die Verbesserung der Arbeitsbedingungen engagierte: Gründung eigener Fachzeitschriften, die Einführung von Mindestgagen, mehr Sicherheit im lebensgefährlichen Beruf, Kranken- und Altersversicherung und ein Netzwerk für wichtige Informationen, wie Warnungen von betrügerischen Unternehmer*innen, standen auf der Agenda.

Der Erste Weltkrieg zerschlug die grenzüberschreitende Lebensweise der Artist*innen und zerstörte die internationalen Netzwerke, vor allem die emanzipatorischen Gegenentwürfe zu heteronormativen Werten. Auch Zirkus musste »vaterländisch« werden, die geheimen queeren Freiräume verschwanden.

84 Ostdeutsche Rundschau, 19.4.1903, S. 9.

85 Das interessante Blatt, 30.5.1895, S. 14.

II. Queerness in den 1920er-Jahren. Über Zirkus, Varieté, Revue im Roten Wien. Rebellion, Provokation und Ringkämpfe

Das Ende des Ersten Weltkriegs brachte Aufruhr und Rebellion in die ehemalige kaiserliche Residenzstadt Wien. Neue Zeiten brachen an, Hunger, Wohnungsnot, Arbeitslosigkeit der Massen standen die Orientierungslosigkeit und der Machtverlust der alten Eliten gegenüber. Neue Konzepte vom Menschsein, formuliert durch die Psychoanalyse um Sigmund Freud, die Sexualforschung um Magnus Hirschfeld und die austromarxistischen Denker*innen zeigten, wie Sexualität und Psyche, Körper und Hygiene, Gesundheit und Fürsorge, Freizeit, Bildung und Kultur für alle die brisanten gesellschaftspolitischen Themen wurden. Homosexualität, Feminismus, Kollektivität und Solidarität, freie Sexualität mussten nicht mehr ausschließlich im Geheimen, in den Peripherien und Zwischenzonen kontrollierter Räume gelebt werden. In den Bars, Nachtclubs, Varietés und Theatern der Stadt pulsierte Queerness: Nackttanz, Lebende Bilder, Erotik und Androgynität dominierten das Vergnügungsleben. Die verwegenen Menschen aus dem Zirkus beherrschten nun das Nachtleben.

Von Beginn der Ersten Republik an bestand eine Kluft zwischen aufklärerischen, emanzipatorischen, kosmopolitischen oder revolutionären Lebensentwürfen und klerikalen, deutschnationalen, antisemitischen und rassistischen Gruppen. Der Hass dieser Rechtskonservativen bzw. -extremen entzündete sich besonders an Ereignissen im Kino, Theater, Varieté oder an Publikationen. So, als im Tegethoff-Kino im Prater im November 1919 die aufsehenerregende österreichische Erstaufführung von *Anders als die Andern* stattfand: ein sensationelles Filmwerk in sechs Akten von Richard Oswald[86]. Der bekannte Sexualwissenschaftler und Kriegstraumaforscher Magnus Hirschfeld hält am Ende des Films eine leidenschaftliche Rede für die Anerkennung von Homosexuellen als Menschen wie jede*r andere auch. Der Film, ein Plädoyer für die Abschaffung des Paragraphen 175, löste in der rechtsgerichteten Presse höchste Empörung aus, sie rief zu rigidem Verbot auf, fordert die »unnachsichtige Unterdrückung dieser Afterkunst!«[87]

Im ersten Jahr des Roten Wien, 1919, zeigt sich die Politisierung der Menschen im Zirkus und vom Zirkus. Die großen Zirkusgebäude Schumann, Busch, Renz standen leer, nicht mehr die Ordnung irritierende Protagonist*innen zwischen den Geschlechtern, die subversiven Frauen und Männer der Artistik, agieren dort. Zirkus wird als revolutionäres Forum genutzt. So fand im Zirkus Schumann in der Märzstraße im Februar eine Massenversammlung von Arbeitslosen statt, die dann in einem

86 Tegethoff-Kino Prater 66 am 9.11.1919, österreichische Erstaufführung.

87 Rezension anlässlich der Uraufführung in Frankfurt am Main im August 1919, Welser Zeitung, 20.8.1919, S. 2.

Protestzug durch den 15. Bezirk zogen, Grundeinkommen und Recht auf Wohnen skandierend. Im Zirkus Busch im Prater versammelten sich im April die Kommunist*innen, sie forderten soziale Absicherung für heimgekehrte Soldaten und das Heer an Invaliden. Die Stimmung war revolutionär, Genoss*innen aus der ungarischen Räterepublik unterstützten die Wiener*innen. Die flammenden Reden kritisierten die Schwäche der Sozialdemokratie, forderten die Vereinigung der sozialdemokratischen Soldaten auf, sich zu verbünden, um gemeinsam eine Rätediktatur zu errichten. Unter roten Fahnen zog die Versammlung durch die Praterstraße zum Heeresamt am Ring, Autos wurden requiriert, um Invalide zu fahren, es herrschte Aufruhr in Wien.

Julius Deutsch, sozialdemokratischer Staatssekretär für Heereswesen, sollte eine Resolution übergeben werden, doch er war nicht anwesend. Die rot-weiß-rote Fahne am Ministerium wurde abgenommen und verbrannt.[88]

Der Rebellion verschiedener anderer linker Gruppen setzten die Sozialdemokrat*innen ihre Masseninszenierungen entgegen, vor allem die zum 1. Mai. Die Zirkusgebäude Busch und Schumann wurden für Massenversammlungen und als Treffpunkte genutzt.[89]

Zirkus selbst wurde erst wieder ab 1920 gespielt, doch unter anderen Vorzeichen. Große Traditionsunternehmen wie Busch und Renz schlossen die Häuser in Wien, Busch wurde ein Kino, Renz ein Varieté. Zirkusfami-

88 Wiener Morgenzeitung, 14.4.1919, S. 3.

89 Arbeiter-Zeitung, 30.0.1919, S. 5.

lien tourten durch Österreich, als fixe Institutionen in Wien etablierten sich der Circus Favorit in Favoriten und der Zirkus Zentral im Prater. Die Vielfalt an artistischer Produktion fand sich in den zahllosen Vergnügungslokalen Wiens, den Varietés, Revuetheatern, Kabaretts, Nachtclubs und Bars oder unter freiem Himmel. Das Vergnügungsangebot war trotz Verelendung und politischer wie ökonomischer Dauerkrisen enorm. Die Internationale Artisten Organisation, Sektion Österreich, wurde mit Vereinssitz im Café Louvre in der Praterstraße 43 gegründet, Artist*innen in Österreich begannen um ihre Rechte zu kämpfen. Streiks in den Bühnen und Unterhaltungslokalen der Stadt zeugten vom Arbeitskampf der gesamten Theater- und Zirkusbranche. Um zu überleben, wurde auf Attraktion und Sensation gesetzt, Revue wurde zur großen Mode. Opulente Ausstattungsrevuen für die Reichen, Operettenrevuen und Revueoperetten, Zirkusrevuen und Kabarettrevuen waren für alle gedacht. Die Inszenierung von Girls- und Boystruppen rund um einen Star, die Mischung aus Musik, Tanz, Artistik, Komik und Glamour lenkte ab vom tristen und bedrohlichen Alltag. Inflation, Armut, Arbeitslosigkeit, politische Radikalisierung zwischen rechts und links, Antisemitismus, Hass und Hetze prägten den Alltag.

Der Kraftathlet Siegmund Breitbart, der »stärkste Mann von Wien«, trat 1922 im Varieté Ronacher zwei Monate vor ausverkauftem Haus auf, er nutzte seine Popularität, um die Stärke eines Juden zu zeigen, für die zionistische Idee einzustehen, gegen den omnipräsenten Antisemitismus ein kämpferisches Zeichen zu setzen[90]. Anita Berber provozierte im selben Jahr mit ihren Tänzen des Lasters im Wiener Konzerthaus.

Antisemitische Vorurteile, Übergriffe und Überfälle prägen den Alltag. Als im Sommer 1924 die Verfilmung von Hugo Bettauers Roman *Die Stadt ohne Juden* in vielen Wiener Kinos, auch im Prater im Zirkus-Busch-Kino gezeigt wurde, offenbart sich darin auch die Brisanz und Omnipräsenz des Antisemitismus in Wien. *Die Stadt ohne Juden*, die als utopische Komödie der aggressiven Forderungen von Antisemiten nach der Vertreibung von Jüd*innen aus Wien Folge leistet. Was bleibt, ist eine Stadt, die nicht mehr funktioniert, in der niemand mehr leben will. Die antisemitische Karikaturzeitung *Kikeriki* witzelt, Wien als Stadt ohne Juden wäre wünschenswert[91]. Die sozialdemokratische *Arbeiter-Zeitung* nimmt das Thema dieses aggressiven Antisemitismus nicht auf. Obwohl der christlichsoziale Abgeordnete Leopold Kunschak, die Vertreibung aller Jüd*innen fordert, übt das Organ der Sozialdemokratie kleinliche Kritik. Für den sozialdemokratischen Rezensenten sei der Film »antisemitelnd«, da zu wenig jüdisches Proletariat in den Fokus ge-

90 Die Filmwelt, Heft 11, 1922.

91 Kikeriki, 17.4.1924, S .8.

nommen werde. Der Kampf gegen Antisemitismus, der gerade 1924, als Nationalsozialisten immer sichtbarer im öffentlichen Raum agieren, dringlicher werden müsste, wird einem austromarxistischen Dogma geopfert und nicht über Ideologiegrenzen angegangen. Die Bösartigkeit und Gefahr des Wiener Antisemitismus verknüpft mit dem Hass auf libertäre Leben zeigt die Hetze gegen Hugo Bettauer. Bettauers Werk als Schriftsteller und Journalist widmete sich dem Kampf gegen antisemitische, aber ebenso auch sexistische, homophobe und klassistische Vorurteile. Seine Zeitschrift *Er und Sie. Wochenschrift für Lebenskultur und Erotik*, widmet sich diesem Kampf, richtet sich an unterprivilegierte Menschen, setzt diese ins Zentrum. Sein Leitartikel im ersten Heft betitelt er programmatisch: »Die erotische Revolution«. In einer vom klerikalen Bundeskanzler Prälat Ignaz Seipel angezündeten medialen Hetzkampagne zeigt sich das rigide Sittenbild der rechten Kräfte. *Er und Sie* wird wegen »pornographischer Inhalte« verboten, Bettauer dem Hass preisgegeben[92]. Er kämpft weiter: »Aber ich habe doch nicht etwa Revolution gepredigt, zur Revolution aufgerufen, ich habe ausgesprochen, was ja zweifellose, unbestreitbare Tatsache ist: dass eine erotische Revolution existiert, daß wir mitten in ihr leben.«[93]

Bettauer benennt seine in hoher Auflage erscheinende Zeitung in *Bettauers Wochenschrift* um, war weiterhin äußerst erfolgreich, wurde weiter von den Außenseiter*innen, den Nichtbeachteten gelesen: Lebensfreude und Lebenslust für alle! 1925 wird Hugo Bettauer von dem jungen Nationalsozialisten Otto Rothstock in seiner Redaktion niedergeschossen, wenige Tage danach stirbt Bettauer.

Am »Fall Bettauer« lässt sich die Ambivalenz des Roten Wien in Bezug auf die in Österreich vorherrschende Körper- und Sexualpolitik ablesen. In der *Arbeiter-Zeitung* findet sich, während die Hetze gegen Bettauer im Gange ist, ein Artikel betitelt mit »Seipels Sittenzeitalter«. Doch übt der anonyme Autor nicht Kritik an der Verknüpfung von rigider Sexualmoral, Antisemitismus und der Prolongierung eines autoritären Gesellschaftsbildes. Ganz im Gegenteil werden das Ausleben von Sexualität und Individualität als Kennzeichen von Dekadenz gewertet, verschuldet von autoritärklerikalen und kapitalistischen Eliten. Das gesellschaftlich-emanzipatorische Potenzial von Menschen wie Bettauer wird als Denken einer zu überwindenden Epoche kleingeredet.[94]

Ignaz Seipel geiferte gegen Bettauer, um ein »Schmutz und Schund Gesetz zum Schutz der Jugend« durchzusetzen, die Sozialdemokratie setzte der Hetze, die im Mord endete, nichts Substantielles entgegen. Drei Jahre später, 1928, nehmen christlichsoziale Abgeordnete erneut einen Anlauf, dieses Gesetz durchzusetzen.

92 *Volksfreund*, 23.5.1925, S. 3–4.

93 *Er und Sie. Meine Verteidigung*, in : *Bettauers Wochenschrift. Probleme des Lebens*, Nr. 6 3.4.1924, S. 1–5, S. 4.

94 *Arbeiter-Zeitung*, 30.3.1924, S. 2.

Anlass war der prolongierte Auftritt des Pariser Superstars der Revue, Josephine Baker, in Wien. Zahlreiche Artikel feierten Baker als Sensation der Emanzipation. Schwarz, Bubikopf, Nackttanz. Baker hatte eben ihre Autobiografie veröffentlicht, eine Abrechnung mit dem rassistischen Blick und Begehren der Weißen, ein Buch der Selbstbefreiung und Selbstermächtigung[95]. In ihren Tänzen parodierte sie den rassistischen Blick, verlachte die rassistische Sexualisierung und klagte sie gleichzeitig an. Baker war Mode in Wien, wurde bewundert, war Role Model für einen Ausbruch aus bürgerlichen, restriktiven Systemen. Sie liebte Männer wie Frauen, propagierte die Gleichheit aller Menschen, engagierte sich für die Ohnmächtigen der Gesellschaft.

Die Josephine-Baker-Revue in Wien war Sensation, mit ihr traten die prominenten Wiener jüdischen Publikumslieblinge, die Komikerin Gisela Werbezirk und der Conférencier Armin Berg, auf sowie die berühmten Tiller Girls. Der Auftritt von Baker wurde von rechtskonservativer, klerikaler Seite genutzt, um die sogenannte »Schmutz und Schund«-Kampagne weiterzutreiben[96].

Mit Witz als Kampf gegen den Hass agierten Gruppen wie das Politische Kabarett bzw. die Roten Spieler um Robert Ehrenzweig und Jura Soyfer. Die Mode-Revue parodierend skandierten ihre Girls- und Boystruppen Klassenkampf.

95 Baker, Josephine: Memoiren. Der schwarze Stern Europas, München 1928, (Orig.: Mémoire, Paris 1927).

96 Wiener Zeitung, 25.3.1928, S. 1–2.

Im Zirkus zeigten sich die permanenten Krisen in der Programmierung und Konzeption: Es ging darum, die Massen zu faszinieren, vor allem in den Zirkus zu bringen. Billige Preise, ausverkaufte Häuser und Zelte waren das Ziel. Nach dem Vorbild des amerikanischen Riesenzirkus Barnum setzten deutsche Zirkusse wie Krone und Sarrasani auf drei Mangen-Zelte und Monsterschauen: Krone gastierte 1927 und 1930 im Prater, 10.000 Zuschauer*innen pro Abend. Als Publikumsmagnet setzte Krone auf Menschenschauen: In den aufwendig gestalteten Programmheften finden sich Fotografien, deren Bildunterschriften als Teil einer europäischen Rassismusgeschichte gelesen werden können. So etwa eine Abbildung von Angehörigen der Kroneschen Menschentruppe vor einem Flugzeug Ende der 1920er-Jahre:

»Als Gäste der Junkers-Werke vertrauen sich Krones Indianer, N* und Inder auch dem Flugzeug an. Alle drei Temperamente, die diesen Rassen zu eigen sind: Stoizismus, Sanguinismus und Fatalismus kapitulieren vor dem Eindruck dieses großen Erlebnisses zu einer Äußerung: zu begeisterter Bewunderung für das ›zauberische‹ Können der ›Weißen‹.«[97]

Als zauberisches Können wurde selbst die deutsche Wurstproduktion interpretiert:

»Dem Zauber guter ›Wiener‹ vermögen sich selbst alte Sioux-Indianer nicht zu entziehen. Da sie ohnedies große Fleischesser sind, empfiehlt es sich nur für Großkapitalisten, sie zu einem ›Wiener-Würstchen-Frühstück‹ einzuladen.«[98]

Für die unter Krones Vertrag stehenden Menschen galten in dieser rassistischen Logik keinerlei ethische Maßstäbe. So können die Zirkusbesucher unter den vielen Fotos, positioniert neben dem neuen Tierarzt bei der Behandlung, das Begräbnis eines verstorbenen Angehörigen der Menschenschau als Attraktion bestaunen.[99]

Diese Form des Zirkus agierte als kapitalistisches Großunternehmen, das Werte der Rechten affirmierte: Vorherrschaft des Kapitals und des weißen Mannes, Nationalismus und Rassismus, Menschenverachtung und Ausbeutung. Gegen diese Konkurrenz positionieren sich Vergnügungsorte wie das Favoritener Colosseum oder das Varieté Westend, die bei billigen Preisen auf eine charmante Mischung aus Artistik, Komik und Wiener Lokalkolorit setzen. Hier tritt auch als Star die Reichsgräfin Triangi auf.[100]

Der Zirkus Zentral zielt auch auf das proletarische Publikum. Als neue Sensation werden nun Ringkämpfe ausgetragen, so 1929 die internationalen Wettkämpfe von Arbeiterathleten. Die Wiener Arbeiterringer gehen als Sieger hervor. Der Zirkus war vollkommen ausverkauft, für den Bürgermeister war der Gemeinderat Dr. Friedjung erschienen, zwischen den Ringkämpfen

97 Zirkus Krone, Programm 17. Mai 1930, Wienbibliothek, C Mappe.

98 Ebd.

99 Zirkus Krone, Programm 7.8.1936

100 Illustrierte Kronen Zeitung, 6.2.1933, S. 8.

wurden als Attraktionen Fahnenschwingen, Jiu Jitsu, Stemmen und Bombenjonglieren angeboten.¹⁰¹ Das Politische Kabarett ist ebenfalls Gast im Zentral, nach einer Vorstellung 1930 fand ein Überfall durch einen Trupp der militanten christlichsozialen Heimwehr auf die aus dem Zirkus kommenden Besucher*innen statt.¹⁰²

Ab 1933 wurden Zirkusse, Varietés und Kabaretts Zufluchtsorte für aus NS-Deutschland geflüchteten Menschen, die Februarkämpfe 1934 zerstörten die Utopie einer solidarischen Gesellschaft, Antisemitismus, Hass auf die Geflüchteten, Verfolgung der Linken prägten die Jahre bis zum März 1938. Eine rigide Sittenmoral, die Ignaz Sei-

101 Arbeiter-Zeitung, 2.4.1919, S. 4.

102 Arbeiter-Zeitung, 3.1.1930, S. 3.

pel seit der medialen Verfolgung von Hugo Bettauer 1925 gefordert hatte, prägte die zuvor bunte Unterhaltungswelt Wiens. Statt provokant-charmanter Tänze, wie die von Josephine Baker, nach Wien zu bringen, wurde nun eine den Austrofaschismus verherrlichende alpenländische »Volkskultur« propagiert. Menschen, die nicht ins katholisch-bürgerliche Bild mit seiner repressiven Sexualmoral und Körperpolitik passten, wurden an den gesellschaftlichen Rand, in die Grauzonen von Illegalität und Kriminalisierung verbannt. Mörder, wie der von Hugo Bettauer, erfuhren Rehabilitation und wurden aus dem Gefängnis entlassen. Die Zensur wurde wieder eingeführt.

»Wien, du rotes Sodom, deine Farbe steht für Liebe und Revolution, und Sodom für die Stadt der Laster, die sich voller Lust den Konventionen widersetzt!«

*100 Years of red Vienna
Red Hearts burn for solidarity
Superblocks and Women Power
Queering Freud's Society*

*Giving Birth to Santa Sodom
Magna Mater Arschrosett
Superblock and Bodyculture
New humans for the left*

*Sodom Vienna
Sanctuary for all
We burn for Solidarity
It's an antiracist call*

In der SODOM VIENNA REVUE begeben sich die Künstler*innen um Denice Bourbon und Gin Müller auf die Spuren von Persönlichkeiten, psychischen Orgasmen und Utopien des perversen Wien der roten 1920er-Jahre und verqueeren sie mit der Gegenwart.

Wien war eine weltbekannte Revue-, Varieté- und Zirkusstadt. Das Politische Kabarett blühte und das Rote Wien setzte auch im Sinne des Sozialismus auf rote Spielertruppen. Rote Revuen und inszenierte Propagandaspektakel standen bürgerlichen Skandalen wie Anita Berbers *Tänzen des Lasters*, Auftritten von Josephine Baker und Arthur Schnitzlers *Reigen* gegenüber. Aber auch die gigantische Stummfilmproduktion *Sodom und Gomorrha* (1921/22) am Laaer Berg vereinte die biblische Geschichte mit der hedonistischen Gegenwart der 1920er-Jahre.

SODOM VIENNA wird im Stile einer queeren 1920er-Jahre-Revue zelebriert. In der SODOM VIENNA REVUE führt und moderiert Magna Mater SODOM VIENNA aka Denice Bourbon die roten Spieler*innen an: Gin Müller als Wilhelm Reich, Stefanie Sourial als Sigmund Freud, Denise Palmieri als Josephine Baker, und Veza Fernandez tanzt als Anita Berber. Hyo Lee zieht als Geist durch die Revue und Alex Franz Zehetbauer erscheint als Freuds DADA-Nase. Elise Mory spielt Livepiano. Die Spieler*innen der Revue lassen Persönlichkeiten dieser Zeit in einer schillernden Show aufleben.

In their SODOM VIENNA REVUE, the artists surrounding Denice Bourbon and Gin Müller embark on a search for the personalities, psychological orgasms and utopias of the perverse 1920s Red Vienna era, ›queering‹ them with present times. Come, comrades, and behold in solidarity this glamourous Red Vienna revue, and listen to the maxims of SODOM VIENNA: ›To be home is to be dead, my arse is openly red! Heave-ho! Go left with love!‹

The historic 1919 election marked the beginning of the Red Vienna era, when aesthetics and politics were progressive, psychoanalytical, lascivious, and saucy all at the same time. Red revues and staged propaganda extravaganzas stood opposite bourgeois scandals like Anita Berber's Dances of Vice, appearances of Josephine Baker, and Arthur Schnitzler's La Ronde. The gigantic silent film production Sodom und Gomorrha (1921/22) on the Laaer Berg with more than 15,000 extras combined Bible history with the hedonistic 1920s present. In a colourful show, the players of SODOM VIENNA REVUE bring personalities of the time back to life in keeping with the motto: ›Vienna, you red Sodom, your colour stands for love and revolution, and Sodom stands for the City of Vice that, full of pleasure, defies all convention!‹

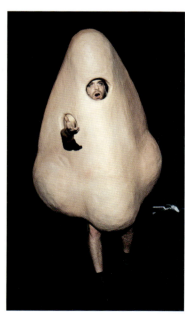

Wien, sterbende Märchenstadt

Wien, Wien, Wien, sterbende Märchenstadt
die noch im Tod für alle ein freundliches Lächeln hat
Wien, Wien, Wien, einsame Königin
Im Bett auch Neid, schön auch im Leid, bist du mein Wien.

Wien, Wien, Wien, du perverse Liebesstadt
Befrei dich vom Antisemiten, der innere Zwänge hat
Wien, die proletarische Sexpol kommt zu dir hin
Heimat ist tot, Arsch offen rot, so ist mein Wien.

Wien, Wien, Wien, du rote Märchenstadt
Folge dem Freudomarxismus, der es noch rosiger hat
Wien, deine Psyche ist irrational
Faschismus ist braun, nicht mehr im Zaum, nicht so im roten Wiiiien.

*Wienerlied-Interpretation von Wilhelm Reich
(Gin Müller: Textsample nach Fritz Löhner-Beda, Musik: Hermann Leopoldi)*

WHO IS TELLING THE STORY?

Text by Denise Palmieri for the piece SODOM VIENNA Revue

WHO IS TELLING THE STORY?
I am telling my story
I'll pick one you want to hear.
And I will sing it with a cheer:

Je suis la premiere Star Noire du Monde
yes I'm just a little bit too black, a little bit too odd, AND IN MY CASE A LITTLE BIT TOO THICK, to be on the center
But look at me here, I AM IN THE STAGE DANCING with you bitches

ANITA IT'S TIME TO GO
...

I am your Josephine
I am your Baker
I Cook you up, I lay you down
And have a party on your face
I am telling my story

Yes, I make fun of myself so you can take me down your throat with a little bit alcohol
So, I can dance my body that you desire
Exotic girl that came to Europe for your delight

I am your Josephine
I am your Baker
I will play the savage, while you tremble in fear and in lust you can't decide

Europe demands our energy, Vienna called me 3 times
You want us here, you want us out
Can't you just make up your mind!

You take us from east, west, north and south
Of course you're in center, and you mix all around

Well those entertainment voices have something to say
WELL, NOT THAT YOU CARE TO LISTEN IF IT does not AFFECTS YOUR PRIVILEGE
BUT WE SAY IT ANYWAYS,
WE SAY IT IN OUR POETRY
WE SAY IT IN OUR MUSIC
WE SAY IT IN OUR DANCE
And we dance, and we dance ...

And we dance the Samba
And we dance the Cumbia
And we dance the Tango
AND YOU TAKE IT FOR YOURSELVES
White face of Samba
White face of Tango
White face of Rumba
White face of Mambo

So you just take us back to this
White whipping our shit

BUT tonight you sit and listen for ›your tongue we cannot fit‹

...

Esta é uma pessoa que não fala português.
Esta es una persona que no habla español.
This is a person who does not speak English.
Die ist eine Person, die kein Deutsch spricht.

Ceci est une personne qui ne parle pas français.
Questa è una persona che non parla italiano.

Onde está minha língua?
¿Donde esta mi lengua?
Where's my tongue?
¿Donde esta mi sangre?
Onde está meu sangue?
Where's my blood?
Where's my blood? ...

SODOM VIENNA

Anhang

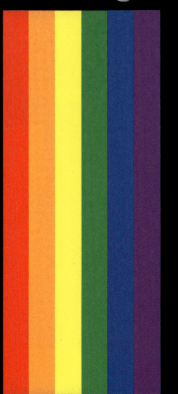

Promotion

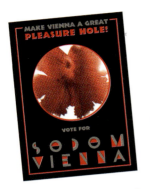

Spielplan
SODOM VIENNA 2020/2021

SODOM VIENNA Gemeindebau
8.8.2020, 19.30 Uhr
Im Rahmen von *Kultursommer Wien*:
vor dem Karl-Marx-Hof
Sodom Vienna Klassenkampfchor, von und mit: Florian Aschka, Peter Kozek, Larissa Kopp, Thomas Hörl, Sabine Marte, Gin Müller, Verena Brückner, Oliver Stotz

SODOM VIENNA Wurstelprater
22.8.2020, 17.30 Uhr
Im Rahmen von *Kultursommer Wien*:
Kaiserwiese vor dem Riesenrad
Gemeinsam mit PCCC* Political Correct Comedy Club meets SODOM VIENNA at Kaiserwiese
SODOM VIENNA Inszenierter AUF-(M)ARSCH & Propaganda & Merchandising: Florian Aschka, Peter Kozek, Larissa Kopp, Thomas Hörl, Gin Müller, Verena Brückner
PCCC* LINE-UP: Juliana Gleeson, G-UDIT, Malarina, Lia Sudermann, Josef Jöchl, Denice Bourbon

SODOM VIENNA Favoriten
12.9.2020, 15 Uhr
Im Rahmen der *WIENWOCHE*
Demonstration am Viktor-Adler-Markt
Von und mit SODOM VIENNA, Omas gegen Rechts, Afro Rainbow Austria, Queerbase, LGBTIQ Têkoşîn, Hiphop Artist Xéna N.C., Daihatsu Rooftop Gallery, Katrinka Kitschovsky u. a.

SODOM VIENNA Kaisermühlen
22.9.2020, 14 Uhr
Im Rahmen der *WIENWOCHE*
Schwimmparade um das Gänsehäufel mit Sodom Vienna, Subchor, Julischka Stengele u.v.m.

SODOM VIENNA Belvedere21
17.9.2020, 19 Uhr
Performativer Aufmarsch, Sound/Installation, Hymne
Kiss & Tell, ein Abend gestaltet von Peter Kozek & Thomas Hörl

SODOM VIENNA Schandwache
5.10.2020, 11 Uhr
gegen das Lueger-Denkmal
Performance und Teilnahme an künstlerischer Protestform

SODOM VIENNA Freudenhaus
1. & 3. Juli 2021, jeweils um 19 und 20.15 Uhr
Sigmund Freud Museum, Berggasse 19, 1090 Wien
Von und mit: Larissa Kopp, Florian Aschka, Gin Müller, Peter Kozek, Thomas Hörl, Katrinka Kitschovsky, Mireille Millieu, Domi Darf Das/ Lois Schropp, Sue Philis Baker, Chica Chicago, Julia Fuchs, Denise Palmieri, Stefanie Sourial, Elise Mory, 2 Pigs Under 1 Umbrella, Hermes Phettberg, Hannes Moser, Vito Baumüller, La Terremotox u. a.

CIRCUS SODOMELLI – Das queere Zirkusereignis für ganz Wien
28. & 29. August 2021, 18 Uhr
Nordwestbahnstraße 12, 1200 Wien

Kernteam Organisation: Andreas Fleck, Gin Müller, Birgit Peter, Chris Thaler, Regina Reisinger
Mitwirkende Zirkus: Mirelle Milieu, Verena Brückner, Denise Palmieri, Zirkus Dada, Cie.Lou, Veronika Merklein, Beri Sayici, 2 Pigs in a cage, Fearleaders Vienna, Olu Alukutschawa, Noah Safranek, Katrinka Kitschovsky und ihre Tuntathlet*innen, Flame Rain Theatre, Thomas Hörl, Peter Kozek, Markus Hug, Lazy Life u.v.m.

SODOM VIENNA Oberlaa
16. Oktober 2021, 15 Uhr
Out & About Tour auf den Spuren des Films *Sodom und Gomorrha* (1921)
U1-Station Oberlaa
Von und mit: Gin Müller, Birgit Peter, Denise Palmieri, Ursula Napravnik, Markus Hug

SODOM VIENNA Revue
3.–6. November 2021, 20 Uhr
Die perverse Lieberevue des Roten Wien
brut nordwest
Sodom Vienna Revue (Team): Denice Bourbon, Hyo Lee, Stefanie Sourial, Veza Fernandez, Denise Palmieri, Alex Franz Zehetbauer, Gin Müller, Elise Mory

SODOM VIENNA Volxtoolschule
5. & 6. November 2021, 17.30 Uhr
Expert*innen-Talk zum Themenkomplex der Show
brut nordwest

Freitag 5.11. 17.30 Uhr – Von roter Revue zu Camp, die queeren 20er damals und heute
Mit: Birgit Peter, Veza Fernandez, Georg Vogt, Denice Bourbon, Denise Palmieri, Gin Müller
Samstag 6.11. 17.30 Uhr – Sodom und Gomorrha im Roten Wien, Stadt in Aufruhr
Mit: Gabu Heindl, Drehli Robnik, Andreas Brunner, Denice Bourbon, Gin Müller

SODOM VIENNA Buchpräsentation
8.12.2023, 20 Uhr
brut nordwest

Hymne / Musik und Text: Sabine Marte, Verena Brückner, Gin Müller, Oliver Stotz
Fotos: Marisel Bongola, Sarah Tasha Hauber, Lisbeth Kovacic, Peter Horn, Wolfgang Suchy
Video: Katharina Mückstein, Anahita Asadifar, Noah Safranek
Grafik: Georg Starzner
Assistenzen: Victoria Ferreri, Regina Reisinger, Flora Schreiber, Milan Hanak, Matteo Rosoli, Marvin
Social Media: Florian Aschka, Beri Sayici
Kostüme/Ausstattung: Larissa Kopp, Florian Aschka, Thomas Hörl, Peter Kozek, Annemarie Arzberger

Who is who in SODOM VIENNA

Afro Rainbow Austria (ARA) ist die erste Organisation von und für LGBTQI+ Migrant*innen aus afrikanischen Ländern in Österreich, afrorainbow.at

Oluchukwu Akusinanwa, singer, songwriter, inspirational speaker & performance artist, human rights activist, co-founder and vice-chairperson of Queer Base Vienna- Austria (Emeritus), oluchukwu-akusinanwa.com/.

Annemarie Arzberger, bildende Künstlerin, Kostüm, Figurenbau, www.annemariearzberger.com/.

Florian Aschka, Künstler, Performer, Mitbegründer der Initiative Queer Museum Vienna, zahlreiche Arbeiten mit Larissa Kopp, florianaschka.com/.

Sue Philis Baker, Dragqueen, u.a. Sun Dutz Festival, Co-Moderatorin des Tuntathlon 2023, www.instagram.com/sundutzfilmfest/?hl=en.

Vito Baumüller, Künstler, Performer u.a. bei Performances/Filmen von kozek-hoerlonski, kozek-hoerlonski.com.

Denice Bourbon, lesbisch/queerfeministische Performancekünstlerin, Sängerin, Autorin, Moderatorin, Kuratorin, Stand-up-Comedian, Gründerin des PCCC*-Comedy Club, brut-wien.at/de/Kuenstler-innen/Bourbon-Denice.

Verena Brückner, Performerin und Sängerin, Stimmtrainerin & Körpertherapeutin, www.verenabrueckner.com/.

Andreas Brunner, Historiker, Ausstellungskurator, Autor, Mitbegründer und Co-Leiter des Forschungszentrums QWIEN, Zentrum für queere Geschichte, www.qwien.at/en/2019/05/13/andreas-brunner/.

Chica Chicago, Drag-Performer, Mitbegründer*in des Wiener Drag Kollektivs »Haus of Rausch«, www.instagram.com/hausofrausch/?hl=en.

Cie.Lou, Artistinnenduo Tanja Peinsipp und Susa Siebel des zeitgenössischen Zirkus Kollektivs Kadauwelsch, www.kaudawelsch.at/daspaedagogische-team.html.

DADA ZIRKUS, Zirkustheater der etwas anderen Art, zeitgenössische Zirkus Compagnie aus Graz und Wien (Arno Uhl, André Reitter, Roxanne Szankovich u.a.), www.dadazirkus.at/.

Daihatsu Rooftop Gallery, mobiles Präsentationsdisplay für zeitgenössische Skulptur/Installation und Performance, www.koer.or.at/projekte/daihatsu-rooftop-gallery/.

Domi Darf Das / Louis M. C. Schropp, Schriftsteller, Performer, www.instagram.com/le.prechaun/.

Fearleaders Vienna, the male & non-binary fearleading squad of Vienna Roller Derby, www.fearleadersvienna.com/.

Veza Fernández, queerfeministische Tanz-, Sprach- und Performancekünstlerin, Stand-up-Comedian, Sängerin, Dichterin, www.vezafernandez.com/about/.

Flame Rain Theatre, Feuerperformance-Gruppe aus Wien und Graz, Feuertanzchoreografien, Akrobatik, pyrotechnische Spezialeffekte, www.flame-rain.at/.

Andreas Fleck, Dramaturg, künstlerische Leitung von WUK performing arts, Leiter der Fearleaders, zahlreiche Projekte mit Nesterval und Gin Müller, www.wuk.at/wuk-performing-arts/ueber-uns/.

Julia Fuchs, Künstlerin, Fotografin, Schauspielerin, seit 2015 in zahlreichen Produktionen der immersiven Theatergruppe Nesterval, www.nesterval.at/julia-fuchs/.

Juliana Gleeson, Performer, Editor, Author of »Transgender Marxism«, www.rockandart.org/transphobia-conversation-jules-gleeson/.

G-UDIT, Musikerin, Rapperin beim Duo KLITCLIQUE (G-udit & $chwanger), Komikerin u. a. bei PCCC*-Comedy Club, www.klitclique.com/cv/.

Gabu Heindl, Architektin, Stadtplanerin, Professorin, Aktivistin, zahlreiche Publikationen, zuletzt Stadtkonflikte. *Radikale Demokratie in Architektur und Stadtplanung*, www.gabuheindl.at/de/ueber-uns/gabuheindl.html.

Thomas Hörl, Künstler Konzept, Videocollage, Choreografie, kooperiert mit Peter Kozek (kozek-hoerlonski.com) und mit vielen anderen Künstler:innen, slywonski.com.

Markus Hug, Performer, LKW-Fahrer, Biotechnologe, zahlreiche Performances mit Denise Palmieri, www.denisepalmieri.net/.

Josef Jöchl, Comedian und Autor, Mitbegründer des PCCC*-Comedy Club, Kolumne »Sex and the Lugner City« bei The Gap, www.knosef.at/uber-mich/.

Katrinka Kitschovsky, Osterweiterungstunte, Mastress of Disasters, Moderatorin und Co-Organsiatorin des Tuntathlon, www.tuntathlon.com/wer/.

Larissa Kopp, Artist, Performer, Art Educator, Curator, zahlreichen Arbeiten mit Forian Aschka, Mitbegründerin der Initiative Queer Museum, www.larissakopp.com/.

Peter Kozek, Künstler, Idee, Konzept, Choreografie, Projektionen, interaktive Objekte, Zusammenarbeiten mit Thomas Hörl, Florian Ronc, Gin Müller u. a., peterkozek.com.

Lazy Life, Vienna's 1st gay bar that was not a gay bar 2017–2023, Queerfeminist cultural association, www.instagram.com/lazylifevienna/?hl=en.

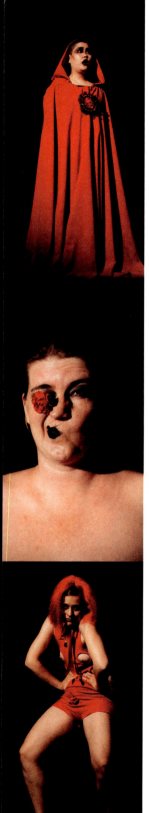

LGBTIQ Têkoşîn, Verein in Wien für LGBTIQ-Geflüchtete und Migrant*innen, www.facebook.com/tekosinlgbti/

Hyo Lee, Künstlerin, Performerin, Auftritte u. a. in Colonial Cocktail – Volume 2: Spirits (2019) von Stefanie Sourial, Pomp (2020), Plum Circus (2019), brut-wien.at/en/Artists/Lee-Hyo.

Malarina, Kabarettistin, Auftritte seit 2019 im PCCC*-Comedy Club, Soloprogramme, die »zur Völkerverständigung zwischen den Schwabos, Tschuschen und Elite-Tschuschen« beitragen sollen, malarina.com/.

Sabine Marte, Videokünstlerin, Performerin, Musikerin, experimentelle Videokunst für Theaterräume, Blackbox, Whitecube, Musikclubs u. v. m., sabinemarte.klingt.org

Veronika Merklein, Performance- und Fotokünstlerin, politische Aktivistin und Autorin, www.veronikamerklein.com/deutsch/über-mich/.

La Mireille Millieu, Djane, Soundspezialistin bei u. a. Tuntathlon und dessen Co-Organisation, www.tuntathlon.com/wer/.

Elise Yuki Mory, Musikerin (in Produktionen am Volkstheater Wien, HAU Berlin; Bands: Gustav und Band, Half Darling u. a.), brut-wien.at/de/Kuenstler-innen/Mory-Elise-Yuki.

Hannes Moser, Performer, Musiker, zahlreiche Performances mit Hermes Phettberg, www.youtube.com/@hannesmoser7908.

Gin Müller, Dramaturg, Performer, Ar*ctivist, zahlreiche politische/queere Theater- und Performanceprojekte in Wien und Mexiko, ginmueller.klingt.org.

Ursula Napravnik, Aktivistin, Künstlerin, Performerin, Schwimmtrainerin (u. a. bei Wienwoche, Shift, Likörstube Floridsdorf), wasgehtabinmordor.com/likorstube/.

OMAS GEGEN RECHTS, zivilgesellschaftliche Plattform für zivilgesellschaftlichen Protest. Ziele sind, sich in den politischen Diskurs einzumischen und ein Zeichen gegen Rechts zu setzen, omasgegenrechts.at/gemeinsames/wo-finde-ich/.

Denise Palmieri, Künstlerin, Performerin, Installation, Fotografie, Video und Mixed Media, Co-Kuratorin Wienwoche, www.instagram.com/depalmieri/?hl=en.

Birgit Peter, Zirkus- und Theaterhistorikerin, Texte zu vergessener/verdrängter Geschichte, subversiven Überlebensstrategien, ucris.univie.ac.at/portal/en/persons/birgit-peter(e625c37b-28b5-4827-b834-55fb3119780e)/publications.html.

Hermes Phettberg, Schauspieler, Performancekünstler, Schriftsteller, Kolumnist, Moderator, »Publizist und Elender in Wien«, www.phettberg.at/.

Queer Base, Queer Base helps and supports lesbians, gays, bisexuals, trans, intersex and queer/questioning people (LGBTIQ) who have fled to Austria, queerbase.at/.

Regina Reisinger, Produktionsassistenz, Performerin, Studentin der vergleichenden Literaturwissenschaft in Wien, Lissabon, Leipzig, München u. w. m.

Drehli Robnik, Theoriedienstleister und Essayist in Sachen Film, Geschichte, Politik; außerdem Edutainer, Texte & Kommendes auf academia.edu.

Noah Safranek, Damian Pastel Queen, Trans Parent, Stand Up Comedy by PCCC*-Comedy Club, www.instagram.com/femme_boiii/.

Beri Sayici, Künstlerin Fotografie, Video, Performance, Installation, elektronischer Musik, Mitbegründerin der Initiative Queer Museum Vienna, www.queermuseumvienna.com/team/.

Stefanie Sourial, Performancekünstlerin, Regisseurin, Soloprogramme und Kollaborationen u. a. mit, Denice Bourbon, Denise Kottlett, Gin Müller, Katrina Daschner, Veza Fernández u. v. m., www.stefaniesourial.com/about/.

Oliver Stotz, Musiker, Komponist, Arrangeur, Programmierer, theatrale und performative Arbeiten u. a. mit Sabine Marte, Jan Machacek, Gin Müller, Lisa Kortschak, oliver.klingt.org/.

Julischka Stengele, Künstlerin, Performerin, Textproduzentin, Kuratorin und Organisatorin von Performancekunst, www.julischka.eu/.

Subchor, Konglomerat von begeisterten Gesangsdilettant_innen, subchor.at/.

Lia Sudermann, Künstlerin Theater, Performance, Film und Video, Mitglied des Kunst- und Performance-Kollektivs Postmodern Talking, Kabarettistin u. v. m., www.liasudermann.com/.

Chris Thaler, Aktivist, Kulturarbeiter, Performer u. a. in Projekten von Gin Müller, theatertechnischer Leiter Rabenhof.

Tuntathlet*innen, Tunten, die die Sparten des Tuntathlon, Synchronbügeln, Stöckelschuhstaffetenlauf, Handtaschenhochwerfen beherrschen, aether.ethz.ch/ausgabe/queer-vienna/?a=-tunten-die-a-synchron-buegeln.

Georg Vogt, Forscher, Autor, Herausgeber, Filmemacher, Kurator, Co-Organisator des Filmfestivals Suburbinale, icmt.fhstp.ac.at/team/georg-vogt

Alex Franz Zehetbauer, Performer, Choreograf, Tänzer, Mitglied von Freischwimmen, internationaler Plattform für Performance und Theater, alexfranzzehetbauer.com/

2 Pigs Under 1 Umbrella, Künstler*innenkollektiv (Beri Sayici, Florian Tremmel), rough electronic music accompanied by bizarr, bdsm inspired live shows, www.instagram.com/2_pigs_under_1_umbrella/

u. v. m.

Abbildungsverzeichnis

Tauber, Sarah Tasha: S. 3/4, 6, 9, 28/29, 30, 31, 32, 33, 34/35, 36, 37, 38, 76/77, 78, 114/115, 117, 121 oben, 123, 128, 131, 132

ONB Wien: S. 15 (204.338-D), 17 (204.911-D), 19 (204.916-D)

Bongola, Marisel: S. 40/41, 42, 43, 44, 45

Müller, Gin: S. 46/47, 48, 49, 50, 81, 82, 88/89, 90

ANNO Österreichische Nationalbibliothek: S. 57 oben

Horn, Peter: S. 66/67, 68, 69, 72

Peter, Birgit: 87

Enzelberger, Jana: S. 90, 91, 92, 112/113

Suchy, Wolfgang: S. 93, 94, 97, 98, 100, 103, 105, 107, 108, 112, 113

Höschele, André: S. 110/111

Kovacic, Lisbeth: Coverbild, S. 118, 119, 120, 121 unten

Starzner, Georg: S. 126, 127 Grafik

Inhalt

Rot ist die Farbe der Liebe..................S. 7
Historische Revue (Andreas Brunner)..............S. 10

Manifestationen
Gemeindebau..................S. 28
Favoriten..................S. 34
Forderungen von Sodom Vienna..................S. 39
Kaisermühlen..................S. 40
Schandwache..................S. 46
Die Schandwache am
Lueger-Denkmal (Birgit Peter)..................S. 51

Queer History Tour..................S. 55
Monumentale Massen-Besserung
(Drehli Robnik)..................S. 58

Attraktionen
Freudenhaus..................S. 66
Über die Psychogenese eines Falles von
weiblicher Homosexualität (Stefanie Sourial)......S. 70
Camp und die Masse (Georg Vogt)..................S. 73
Wurstelprater..................S. 76
Der Prater im Roten Wien (Birgit Peter)..................S. 79
Circus Sodomelli..................S. 88
Zirkus queer (Birgit Peter)..................S. 95
Revue..................S. 114

Anhang
Promotion..................S. 126
Spielplan..................S. 128
Who is who in SODOM VIENNA..................S. 130
Abbildungsverzeichnis..................S. 134

Erste Auflage
© Edition Atelier, Wien 2023
www.editionatelier.at
Buchgestaltung: Jorghi Poll
Druck: Grafički zavod Hrvatske, Zagreb
ISBN 978-3-99065-103-2

Sodom Vienna, eine Produktion des Vereins zur Förderung der Bewegungsfreiheit (in Kooperation u. a. mit brut-Wien, Wienwoche, Kultursommer, Freudmuseum), gefördert von der MA7 Kultur Wien.

Das Buch ist urheberrechtlich geschützt. Alle Rechte vorbehalten, insbesondere für Übersetzungen, Nachdrucke, Vorträge sowie jegliche mediale Nutzung (Funk, Fernsehen, Internet). Kein Teil des Werkes darf in irgendeiner Form ohne schriftliche Genehmigung des Verlags und der Herausgeber*innen reproduziert oder weiterverwendet werden.

Gefördert von der Stadt Wien Kultur

www.editionatelier.at

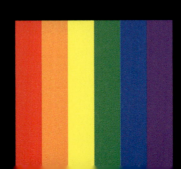